l'amour démasqué

J'AI LU

Barbara Cartland est une romancière anglaise dont la réputation n'est plus à faire.

Près de trois cents romans variés et passionnants mêlent aventures et amour.

Les Éditions J'ai Lu *en ont déjà publié plus de cinquante que vous retrouverez dans le catalogue gratuit disponible chez tous les libraires.*

Désormais les Éditions J'ai Lu *publient également* Les romans préférés de Barbara Cartland, *un choix des livres qui ont enchanté sa jeunesse.*

BARBARA CARTLAND

l'amour démasqué

traduit de l'anglais par Marie-Françoise Vinthière

Éditions J'ai Lu

Ce roman a paru sous le titre original :

AN ARROW OF LOVE

1

– Mesdames et messieurs, je vous propose un toast. Levons nos verres à la santé des mariés. Tous nos vœux de bonheur!

L'homme à l'allure joviale et à la figure rougeaude qui avait prononcé ces paroles leva son verre, puis, penchant la tête en arrière, tenta de le vider d'un trait. Mais il perdit l'équilibre et s'écroula sur sa chaise, au milieu des rires des invités.

Ils étaient tous sérieusement éméchés.

Melissa aurait juré que certains amis de sa belle-mère, bons cavaliers et francs buveurs, étaient arrivés à l'église dans un état d'ébriété déjà avancée.

Le déjeuner servi dans la salle des banquets de Rundel Towers avait dépassé en raffinement et en abondance tout ce que l'on pouvait imaginer. Des plats exotiques succulents s'étaient succédé et leur variété aurait fait les délices d'un épicurien.

Malheureusement, la plupart des invités semblaient plus portés sur les vins que sur la chère délicieuse qui leur était servie; les verres en cristal ne désemplissaient pas, les laquais, très nombreux, y veillaient.

« Ce n'est pas possible, songea Melissa, il doit y avoir un valet derrière chaque invité. »

Elle comprenait la conduite de son père, mais elle

ne pouvait s'empêcher de regretter que Hesther Rundel prenne la place de sa mère.

Elle ne comprenait pas le sens des plaisanteries et des sous-entendus que faisaient les cavaliers assis à la table, mais elle sentait bien qu'il s'agissait là de propos et d'allusions osés qui allaient de pair avec leurs manières grossières.

Elle ne pouvait supporter la vue de son père, assis à l'autre bout de la table, auprès de Hesther Rundel.

« Seule une femme comme Hesther Rundel peut manquer de décence au point de porter une robe blanche et un voile, à trente-huit ans passés », se dit Melissa.

Lorsque son père lui avait appris qu'il allait épouser Hesther, elle avait été horrifiée. Et pourtant elle s'était toujours attendue à ce mariage : après la mort de la mère de Melissa, Hesther n'avait pas caché ses intentions. Elle ne s'était plus donné la peine de chercher des prétextes pour venir au manoir où les Weldon s'étaient installés après leur mariage.

Du vivant de sa mère elle arrivait les bras chargés de pêches ou de raisins provenant de ses serres de Rundel Towers, ou de quelques friandises commandées à Londres. Parfois, comble de l'astuce, elle proposait au père de Melissa de faire une promenade à cheval. Ses chevaux, prétendait-elle dans les premiers temps, avaient besoin d'être dressés par un cavalier confirmé comme Denzil Weldon.

Au début ce manège paraissait anodin à Melissa qui ne croyait pas que son père puisse se laisser prendre au jeu d'une femme aussi laide que Hesther.

« Elle ressemble de plus en plus à un cheval! » avait même chuchoté quelqu'un en la voyant arriver un jour dans l'église.

« J'ai un faible pour les chevaux avait riposté un autre, mais je ne les mets pas dans mon lit! »

Il était évident que Hesther était restée « vieille fille », en dépit de son immense fortune, à cause de son manque de séduction.

D'ailleurs, Denzil Weldon avait fini par succomber non à la beauté de son épouse mais au charme de son compte en banque, de ses écuries, et de sa demeure luxueuse.

« Comment pouvez-vous faire une chose pareille, papa? » avait demandé Melissa quand il lui fit part de ses intentions.

« Je n'ai pas le choix, Melissa, lui avait-il répondu sèchement. Nous vivions grâce à la petite pension que ta mère recevait de son père. Elle est morte et il ne fera pas un geste pour m'aider; il m'a toujours détesté. »

« Ne ferait-il rien pour m'aider, moi? » avait ajouté Melissa d'une voix hésitante.

« Ta mère lui a écrit après ta naissance et il lui a fait savoir, par son avoué, qu'elle continuerait à percevoir cette pension aussi longtemps que nous ne chercherions pas à entrer en rapport avec lui », avait expliqué Denzil Weldon.

Melissa avait déjà entendu parler de ce drame, mais il lui semblait impossible que son grand-père, qui avait prédit que le mariage de sa fille serait une catastrophe, n'ait pas changé d'opinion, en constatant combien sa fille était heureuse avec l'homme qu'elle avait choisi d'épouser malgré son opposition.

Denzil était très séduisant, et bien qu'il n'ait pas mené, avant son mariage, une existence irréprochable, il s'était assagi ensuite et il avait rendu heureuse la femme qu'il aimait, infiniment heureuse...

Melissa savait cependant que si son père avait, pour l'amour de sa femme, supporté sans se plaindre la vie médiocre qui avait été la leur dans ce petit manoir entouré de quelques arpents de terre, il ne pourrait plus, elle disparue, s'en satisfaire.

Il voulait aller à Londres; il aspirait à mener une vie trépidante, à prendre part à toutes les activités de la capitale.

Il désirait en outre, plus que tout, posséder des chevaux.

« A quoi bon vivre dans ce fichu pays, si je ne peux même pas chasser? » disait-il avec amertume.

Les écuries des Weldon n'abritaient que deux chevaux d'un âge déjà bien avancé. Ces malheureuses bêtes ne permettaient plus à Denzil Weldon, Melissa le savait, de suivre les chasses à courre.

Il était excellent cavalier, tout le monde se plaisait à le reconnaître, mais pour en faire la preuve il lui fallait emprunter le cheval d'un ami ou l'un des splendides pensionnaires des écuries de Hesther Rundel.

« Croyez-vous réellement, papa, que les chevaux des Towers vous feront oublier... le reste? » avait demandé Melissa d'une voix incertaine.

Après un instant de silence son père lui avait répondu avec une certaine dureté :

« Personne ne remplacera jamais ta mère, Melissa, tu le sais, mais une maison luxueuse et de bons chevaux peuvent aider un homme à supporter sa peine. »

Il était évident qu'il souffrait de la mort de cette femme qu'il avait aimée. Toutefois, Melissa se demandait combien de jours s'écouleraient avant qu'il ne se mette à ressembler aux amis de Hesther Rundel, à ces hommes qui menaient une vie facile, voire dissolue, qui buvaient plus que de raison et qui n'avaient d'autre ambition que de chasser.

La mère de Melissa avait toujours su avoir avec son mari des conversations sur d'autres sujets que le sport, et Melissa craignait que Hesther Rundel n'en soit guère capable!

Denzil Weldon était pourtant un homme intelligent et sa fille songea, avec cette intuition qui la caractérisait, que c'était peut-être cette intelligence qui le poussait à se remarier : il devait savoir au fond de lui qu'il souffrirait de sa solitude...

Mais de là à choisir Hesther Rundel!

Melissa tourna ses regards vers cette femme qui était devenue sa belle-mère et qui lui donnait la nausée. Comme tous les invités, elle avait beaucoup bu, son visage était cramoisi et les stigmates de la débauche ne faisaient qu'ajouter à sa laideur.

Néanmoins, Melissa ne pouvait nier que Hesther était une cavalière émérite. Elle montait remarquablement bien, et lorsque les invités portèrent un toast « à la meilleure cavalière », ils n'exprimèrent que la vérité.

Le repas touchait à sa fin. Ils avaient passé plus de trois heures à boire et à manger. Melissa se demandait combien de temps encore il lui faudrait supporter la conversation et les flatteries de ses voisins de table.

Bien que ce ne soit pas la saison de la chasse, tous les invités portaient la veste rouge des chasseurs en l'honneur de la mariée. Ils avaient même formé avec leurs cravaches une haie d'honneur, sous laquelle « l'heureux couple » était passé à la sortie de l'église.

Ces chasseurs ne ressemblaient en rien à ceux du célèbre Quorn, cercle privé des plus élégants. Ces cavaliers, qui s'étaient donné le nom de « Meltoniens » parce qu'ils résidaient à Melton durant la saison, étaient réputés pour leur style, leur fortune et leur snobisme.

Aucun « parvenu » ne pouvait espérer un jour faire partie de leur cercle et aucun des invités de Hesther n'y aurait été accepté, sauf, bien sûr, Denzil

Weldon. Les Meltoniens l'avaient invité plus d'une fois mais chasser avec eux était un luxe qu'il ne pouvait s'offrir souvent.

« Il va enfin pouvoir se rendre à leurs réunions », se dit Melissa.

Elle se demandait également ce que les épouses des Meltoniens penseraient de Hesther quand elles la rencontreraient.

Soudain, l'un des cavaliers exhiba un cor de chasse et se mit à en jouer.

Comme s'il s'agissait là d'un signal, Hesther se leva, posa la main sur l'épaule de son mari et lui dit qu'elle montait changer de robe.

Ils devaient aller à Londres. Melissa soupçonnait son père d'avoir très envie de se réinscrire à son ancien club, de flâner dans les musées et de hanter d'autres lieux moins recommandables, comme il le faisait dans sa jeunesse.

Si Melissa n'avait pas ressenti autant d'antipathie pour sa belle-mère, elle aurait pu éprouver quelque pitié pour elle. Cependant, elle savait que Hesther n'était pas femme à se laisser abuser et qu'elle s'était offert un mari avec la ferme intention d'en profiter, d'une manière ou d'une autre.

La mariée se dirigea vers la porte de la salle des banquets. Melissa, qui savait ce qu'on attendait d'elle, la suivit dans le hall, puis dans l'escalier richement décoré.

Plusieurs invitées qui les avaient suivies jusque-là se retirèrent, et elle se retrouva en compagnie de deux femmes de chambre, passablement énervées, dans la grande chambre où sa belle-mère avait toujours dormi.

Les proportions de la pièce étaient admirables, mais le mobilier, en revanche, était horrible. Les rideaux et les courtines du lit étaient en velours moutarde, couleur que Melissa jugea affreuse. Hesther ôta le diadème qui maintenait le voile en place et dit avec une certaine suffisance :

– Tout s'est vraiment très bien passé, comme toujours d'ailleurs, à Rundel Towers.

Elle se leva pour permettre à la femme de chambre de déboutonner sa robe et, d'une voix qui claqua comme un fouet, elle ordonna :

– Dépêchez-vous, espèce d'idiote, je ne vais quand même pas attendre ici toute la nuit que vous ayez terminé !

– Je suis désolée, mademoiselle, répondit la femme de chambre, rouge de confusion.

– Madame. Appelez-moi madame, maintenant. Tâchez de vous en souvenir! rétorqua Hesther.

Elle ôta sa robe de mariée et l'autre femme de chambre lui tendit un peignoir en satin des plus sophistiqués.

Elle le passa et, s'adressant à ses femmes de chambre, elle dit :

– Sortez, vous deux! J'ai à parler à miss Melissa. Je sonnerai quand j'aurai besoin de vous.

Les deux femmes sortirent précipitamment et Melissa considéra le visage congestionné de sa belle-mère avec une certaine appréhension.

– J'aurais voulu avoir une conversation sérieuse avec vous plus tôt, Melissa, commença Hesther, mais vous n'avez pas daigné venir me voir.

– J'avais beaucoup à faire au manoir, répondit la jeune fille.

Elle avait refusé d'aller aux Towers, car elle savait qu'elle ne pourrait supporter la vue des cadeaux de mariage et qu'il lui serait impossible d'écouter les projets de voyage de noces que faisaient son père et cette femme qu'elle détestait.

– Vous n'avez aucun souci à vous faire au sujet du manoir, Melissa, rétorqua sèchement Hesther. Occupez-vous uniquement de vos propres affaires. Je ne pense pas que cela vous absorbe à ce point.

– Que voulez-vous dire? demanda Melissa.

– Votre père est d'accord pour que nous fermions le manoir jusqu'à ce que nous ayons trouvé un locataire convenable.

– Oh, non! dit Melissa, le souffle coupé par cette révélation.

Elle comprenait maintenant pourquoi son père paraissait un tant soit peu gêné en sa présence, ces derniers jours. Il lui avait juré de lui laisser la disposition du manoir jusqu'à la fin de l'été. Et il avait suffi que Hesther lui suggère de le fermer sous prétexte qu'il était stupide et onéreux d'entretenir une maison vide pour qu'il oublie son serment.

Que pouvaient bien représenter pour elle ces quelques livres ainsi économisées?

Ce n'était rien par rapport à son immense fortune, et elle aurait très bien pu continuer à entretenir cette maison où son mari avait été si heureux pendant plus de vingt ans.

– J'ai donné toutes les instructions nécessaires aux domestiques pour qu'ils ferment le manoir, reprit Hesther de sa voix aussi désagréable que son aspect était déplaisant.

– Quand devrai-je quitter le manoir? demanda Melissa.

– Demain ou après-demain. Je ne pense pas qu'il vous faille beaucoup de temps pour préparer vos bagages.

– Et vous souhaitez que je vienne m'installer ici?

Il ne s'agissait pas d'une question, mais plutôt d'une affirmation. Hesther se tourna vers sa belle-fille.

Il n'y avait aucune bienveillance dans ce regard, mais cela n'avait rien de surprenant.

Melissa était blonde, mince et avait beaucoup de charme. Elle était belle même si sa beauté n'était pas classique. Ses grands yeux étonnés lui mangeaient presque tout le visage dont on ne remarquait qu'après un examen attentif la finesse et la régularité : des sourcils bien dessinés, un petit nez et une jolie bouche aux lèvres roses et pleines.

On ne pouvait rester indifférent devant ce visage et insensible à toutes les émotions qui passaient dans ces yeux immenses.

Il était rare qu'une femme prenne conscience de la beauté de Melissa et l'apprécie à sa juste valeur. Hesther, en cela, ne différait pas des autres, mais elle craignait néanmoins les comparaisons qu'on ne manquerait pas de faire entre elles deux.

– Vous vous installerez ici, naturellement, du moins pour le moment, car j'ai cru comprendre que Dan Thorpe souhaitait vous épouser, affirma brutalement Hesther.

– Il désire peut-être m'épouser, mais moi, je n'ai nullement l'intention de devenir sa femme.

– C'est à votre père de décider de ce qui est bon pour vous et de ce qui ne l'est pas, répliqua Hesther.

– Mais... bredouilla Melissa, papa m'a toujours dit qu'il ne m'obligerait jamais à... épouser un homme que je n'aime pas.

– Votre père, Melissa, vous fait parfois des promesses qu'il n'est pas à même de tenir. Vous savez très bien que, faute de dot, vous devez accepter le parti qui se présente.

Atterrée, Melissa regarda sa belle-mère.

– Croyez-vous sincèrement pouvoir persuader papa que je dois épouser Dan Thorpe? demanda-t-elle.

– Je lui en ai déjà parlé. C'est ce qui peut vous arriver de mieux, répondit Hesther. Dan est riche, jeune et apparemment libre de toute attache sentimentale.

Puis, pouffant de rire, elle ajouta :

– Je me demande d'ailleurs s'il a jamais été amoureux!

– Je ne l'épouserai pas, assura calmement Melissa.

– Vous ferez ce qu'on vous dira de faire, un point c'est tout, répondit Hesther.

– Je parlerai à papa, je sais qu'il ne me forcera pas à épouser un homme que je m'aime pas. Et je n'aime pas Dan Thorpe, affirma Melissa.

– Que les choses soient bien claires entre nous, dit Hesther de sa voix tranchante. Je ne veux pas de vous chez moi. Il n'y aura jamais d'autre femme que moi dans cette maison. Vous n'avez pas le choix : ou vous épousez Dan Thorpe, ou vous vous retrouvez à la rue, sans un sou. Sachez que dans ce cas, je n'interviendrai pas en votre faveur!

– Croyez-vous vraiment que papa vous laissera me traiter ainsi? demanda Melissa.

– Très franchement, oui, répondit Hesther. Il m'a épousée. Il peut maintenant s'offrir tout ce que l'on peut acheter, mais je ne laisserai jamais sa fille vivre sous mon toit, à mes dépens.

Pinçant les lèvres, elle ajouta :

– Vous n'avez pas le choix, Melissa. Vous épouserez Dan Thorpe; autant vous faire à cette idée dès maintenant.

– Je trouverai une solution, répondit Melissa. Je chercherai une place de bonne à tout faire, s'il le faut. Je préfère passer ma vie à frotter les planchers plutôt que d'épouser Dan Thorpe.

La seule pensée de s'unir à cet homme à l'allure grossière lui donnait la nausée. Il était surtout connu comme un cavalier infatigable, qui avait hérité de son père une fortune considérable.

A sa mort, deux ans auparavant, il s'était installé dans le comté et avait commencé à dilapider cette fortune acquise dans le commerce grâce à une exploitation absolument éhontée de ses employés.

Il s'était acheté une grande maison dans laquelle avaient pris l'habitude de se réunir tous les débauchés du comté. Il circulait un nombre incalculable d'histoires sur les orgies qui s'y déroulaient et on racontait même que le maître de maison faisait venir de Londres des femmes de moralité douteuse pour le seul plaisir de ses invités.

Il n'avait pas trente-cinq ans mais paraissait bien plus âgé.

Lorsque Melissa l'avait vu pour la première fois, elle avait immédiatement ressenti un vif dégoût pour ce noceur invétéré.

Son père l'avait invité un soir d'hiver, au retour de la chasse. Leurs vêtements étaient maculés de boue, trempés, mais ils étaient heureux.

– J'ai invité Dan Thorpe à fêter avec moi la plus belle chasse de la saison, avait dit Denzil Weldon à sa fille lorsque celle-ci avait ouvert la porte du manoir.

Les deux hommes s'étaient installés dans les grands fauteuils du bureau, face au feu qui brûlait dans la cheminée.

Les deux servantes du manoir étaient très âgées et ce fut Melissa qui se chargea de servir à boire à son père et à son invité.

Elle s'était rendu compte que Dan Thorpe suivait tous ses mouvements des yeux et, le regardant à son tour, elle sut pourquoi circulaient sur son compte tant d'histoires scandaleuses.

A n'en point douter, il y avait du vrai dans tous ces commérages.

Elle s'apprêtait à sortir du bureau quand son père l'avait retenue.

– Reste, Melissa, avait-il dit. Mr Thorpe s'est inquiété de toi aujourd'hui : il s'étonnait de ne jamais te voir à la chasse.

– Il me serait difficile de chasser avec vous, à

moins, papa, que vous ne me preniez en croupe! avait-elle répondu en souriant.

Elle avait prononcé ces mots sur le ton de la plaisanterie, mais Dan Thorpe avait répliqué aussitôt :

– Je vous prêterais volontiers un cheval, miss Weldon. J'ai acheté une nouvelle jument, la semaine dernière, à Tattersall. Elle vous conviendrait parfaitement.

– Je vous remercie infiniment! avait répondu Melissa. Mais je n'ai malheureusement pas le temps d'aller à la chasse en ce moment.

– Je suis sûr que ce n'est pas vrai, avait répliqué Dan Thorpe. Est-ce que je me trompe, Weldon?

– Voyons, Melissa, accepte! avait insisté son père à son tour. Mr Thorpe ne connaît même pas le nombre exact de ses chevaux. Cela ne le gênerait nullement de te prêter cette jument.

Melissa avait encore essayé de refuser, mais en vain. Par la suite, Dan Thorpe avait usé de ce prétexte pour venir au manoir. Elle avait essayé de l'éviter, mais il bénéficiait de l'appui de son père, et tous ses efforts étaient demeurés inutiles.

Enfin, un jour, peu de temps avant que Denzil Weldon ne fasse connaître son intention d'épouser Hesther Rundel, Dan Thorpe lui avait déclaré qu'il l'aimait.

– Voulez-vous m'épouser, Melissa? lui avait-il demandé.

Melissa était seule au manoir ce jour-là et bien qu'elle ait fait répondre qu'elle n'était pas à la maison quand il s'était présenté il avait forcé sa porte et s'était précipité au salon.

– Je suis très flattée par votre proposition, monsieur, lui avait-elle répondu calmement, mais je n'ai nul désir de me marier.

– Ce que vous dites n'a pas de sens, Melissa, vous le savez! avait rétorqué Dan. Si vous sortiez un peu plus ou si vous veniez chasser avec nous, vous vous rendriez vite compte de... l'intérêt, si je puis dire, que vous susciteriez parmi les hommes de ce comté.

Il avait souri et ajouté :

– Et c'est justement ce que je veux éviter. J'ai l'intention de vous épouser le plus vite possible.

– Vous auriez dû d'abord en parler à mon père, avait répondu Melissa. Encore que cela ne changerait rien.

– Qu'est-ce qui vous déplaît en moi? avait demandé Dan Thorpe. Seriez-vous de ces filles qui rêvent de déclarations d'amour au clair de lune et autres fadaises? Croyez-moi, je vous forcerai bien à m'aimer.

– Jamais! avait dit Melissa. Jamais!

Il avait essayé de l'embrasser, mais elle lui avait opposé une résistance qui l'avait surpris. Elle avait ensuite couru jusqu'à sa chambre où elle s'était enfermée.

Elle avait tout raconté à son père, à son retour. Elle lui avait dit qu'elle haïssait Dan Thorpe, qu'il la dégoûtait et qu'elle ne consentirait jamais à devenir sa femme.

– Pourtant, il est riche, Melissa, avait dit Denzil Weldon.

– Je m'en moque. Quand bien même ce serait l'homme le plus riche du monde je ne l'épouserais pas, avait répondu Melissa. Je ne supporte pas sa présence. Je ne veux plus le voir. Promettez-moi, papa, de ne plus l'inviter.

Denzil Weldon avait promis, mais, bien entendu, il n'avait pas tenu sa promesse. Elle était persuadée que c'était Hesther qui l'avait convaincu qu'il devait la marier à un homme riche pour ne plus avoir à subvenir à ses besoins.

– Je vous répète, comme je l'ai déjà dit à papa,

que je n'épouserai jamais cet homme, dit calmement Melissa. Personne ne m'y forcera.

– Il existe bien des façons de faire obéir les filles récalcitrantes! dit Hesther.

Cette phrase contenait bel et bien une menace, que confirma son expression farouche.

– Qu'entendez-vous par là? demanda Melissa.

La peur s'était emparée d'elle, mais elle regarda sa belle-mère dans les yeux.

– J'ai corrigé la semaine dernière l'un de mes garçons d'écurie qui ne m'obéissait pas assez vite : il est toujours cloué au fond de son lit.

Melissa n'avait pas bougé.

– Est-ce une menace? demanda-t-elle.

– Je veux que vous épousiez Dan Thorpe, répondit Hesther, et si votre père ne parvient pas à vous convaincre d'obéir, j'emploierai d'autres méthodes.

Elle fit une pause, puis reprit :

– J'arrive toujours à mes fins, Melissa, sachez-le.

Melissa n'en doutait pas.

Hesther se leva.

– Je ne veux pas faire attendre votre père, dit-elle, mais je vous préviens que si à notre retour, vous n'êtes toujours pas disposée à épouser Dan Thorpe, je me verrai dans l'obligation de vous faire subir un traitement que vous n'apprécierez peut-être pas.

Elle souriait de son sourire diabolique.

– Personne, dans le comté, ne s'y entend comme moi pour mater les chevaux rétifs. J'aimerais assez, je crois, essayer mes méthodes de dressage sur une fille indocile. Je suis partisan des châtiments corporels pour les enfants qui n'obéissent pas à leurs parents.

Hesther traversa la chambre et sonna.

Presque instantanément, la porte s'ouvrit, et les deux femmes de chambre entrèrent.

– Ma robe, mon chapeau et ma pelisse, dit-elle. Nous devrions déjà être partis.

Sans un mot, Melissa sortit de la pièce et descendit lentement l'escalier.

Elle savait parfaitement que Hesther n'hésiterait pas à mettre ses menaces à exécution.

Elle se pencha par-dessus la rampe et vit que les invités étaient sortis de la salle de banquet et attendaient au pied de l'escalier.

Leurs vestes rouges se détachaient sur les lambris sombres. L'attitude de ces hommes titubants contrastait avec l'allure raide et un peu compassée des laquais à perruque poudrée. Certains flirtaient même outrageusement avec des femmes qui ne faisaient rien pour repousser leurs caresses et leurs baisers.

Dan Thorpe était adossé à la cheminée. Il riait bruyamment, sans doute d'une plaisanterie que venait de faire l'homme qui était à ses côtés.

Il tenait un verre de porto à la main et en redressant la tête, il vit Melissa et leva son verre dans sa direction. La jeune fille frissonna. Aucun homme bien élevé, même très épris, n'aurait osé la dévisager de cette manière. Si peu avertie des choses de l'amour qu'elle soit, Melissa se rendait parfaitement compte de la concupiscence de son regard.

Son attitude l'effrayait plus encore que les menaces de Hesther, mais elle n'aurait pas su préciser ses craintes. C'était une peur irraisonnée.

Elle n'avait plus qu'une idée en tête : quitter Rundel Towers. Elle désirait ardemment rentrer chez elle, retrouver le calme de sa maison, où flottait encore la présence de sa mère.

Il lui semblait parfois, quand elle était seule dans le salon, que sa mère était auprès d'elle. Elle songeait que, comme elle, elle aurait détesté les compagnons de chasse de Denzil Weldon, mais elle n'avait pas eu l'occasion de faire leur connaissance...

Ce n'était qu'après la mort de sa femme qu'il les avait invités au manoir. Dan Thorpe et Hesther Rundel avaient, bien entendu, leurs entrées, tout particulièrement Hesther qui se conduisait en terrain conquis dans cette maison qui n'était pas la sienne.

Parvenue au bas de l'escalier, Melissa se dirigea vers son père. Il avait beaucoup bu, peut-être pour se donner du courage, mais il n'était pourtant pas aussi éméché que les autres invités.

Il la regardait et elle crut voir passer une expression de tristesse dans ses yeux.

– Prends soin de toi, Melissa, lui dit-il.

– Est-ce vrai que tu as décidé de fermer le manoir? demanda-t-elle.

En regardant le visage de son père, elle aurait voulu ne jamais avoir posé cette question.

– Je n'avais pas le choix, répondit-il d'une voix rauque.

Elle lut dans son regard qu'il ne pouvait rien faire pour l'aider.

– Je comprends, papa, répondit doucement Melissa. Je vais rassembler les affaires de maman et chercher un endroit sûr où je puisse les garder.

Elle savait qu'il lui serait impossible de les apporter à Rundel Towers.

Elle aurait voulu parler à son père de ses projets, le supplier de ne pas céder aux exigences de Hesther concernant son mariage avec Dan Thorpe. Mais elle n'ignorait pas que cela ne servirait à rien. Il dépendait de l'argent de Hesther, qui saurait lui rendre la vie parfaitement intolérable s'il n'obtempérait pas à ses ordres.

Melissa eut pitié de son père : elle avait l'impression d'être encore plus forte que lui.

– Ne vous faites pas trop de soucis, papa! se surprit-elle à dire. Tout ira bien!

Il posa la main sur son épaule, mais quelqu'un cria :

– Vive la mariée!

Hesther descendait lentement l'escalier, sa robe de soie balayant les épais tapis. La voilette de son chapeau cachait en partie son visage ingrat.

Il y eut des échanges de baisers, des soupirs, des cris et Melissa ne put même pas faire ses adieux à son père.

Le départ des mariés sous une pluie de riz fut salué par des vivats, et il lui apparut comme une farce grinçante.

Les chevaux avaient disparu au bout de l'allée quand elle entendit Dan Thorpe lui dire :

– Hesther m'a demandé de vous remettre ceci.

Il lui tendit son bouquet de mariée.

– Savez-vous, Melissa, que la mariée offre son bouquet à la jeune fille dont le mariage doit avoir lieu dans l'année? dit Dan Thorpe. Notre mariage, dans ce cas précis.

Elle ne répondit pas, mais lui tournant le dos, elle s'éloigna à grands pas. En traversant le hall elle craignit qu'il ne la suive et accéléra le pas.

Elle monta en courant l'escalier pour aller prendre son manteau qu'elle avait laissé dans l'une des chambres au retour de l'église.

Elle s'apprêtait à redescendre quand elle se dit que Dan Thorpe l'attendrait très certainement et elle décida d'emprunter un autre chemin pour sortir de la maison.

Elle se dirigea vers l'escalier de service et aboutit dans les communs, d'où il lui fut facile de rejoindre les écuries.

Il y avait là des attelages de toutes sortes qui n'attendaient que le bon plaisir de leurs propriétaires.

La voiture de Melissa était bien vieille et en piteux état à côté des élégants cabriolets, phaétons et landaus des autres invités.

Elle était démodée et tirée par un unique cheval. Toutefois c'était la seule voiture que la mère de Melissa ait jamais possédée.

Jacob, le vieux cocher qui était au service des Weldon depuis leur installation au manoir, n'avait pas meilleure allure que la voiture, mais cheval et harnais étaient d'une propreté irréprochable.

– J'savais bien que vous ne seriez pas longue à venir, miss Melissa! dit Jacob avec cette familiarité qu'ont souvent les domestiques qui sont au service de leurs maîtres depuis de nombreuses années.

– Ne t'avais-je pas dit, Jacob, que je quitterais cette maison dès que j'en aurais la possibilité? lui répondit Melissa.

– Vous voulez toujours aller voir miss Cheryl? demanda Jacob. Il est bien tard, vous savez!

– Il faut que j'y aille. Elle m'a fait parvenir un message avant la cérémonie, mais il m'a été impossible de me dégager avant la fin du banquet.

– Nous en avons pour une bonne heure, miss Melissa.

– Je sais, Jacob, mais il faut absolument que j'y aille. Elle semblait avoir des ennuis, répliqua la jeune fille.

– C'est pas surprenant, répondit Jacob. Un ennui n'arrive jamais seul.

Jacob fit claquer son fouet et l'attelage s'ébranla. Melissa songea à Cheryl Byram et oublia pour quelque temps ses propres soucis.

Cheryl était sa seule amie : il y avait peu de jeunes filles dans le voisinage, et leur pauvreté avait empêché sa mère d'organiser des réceptions qui lui auraient permis de se faire des amies de son âge. Mais lady Rudolph Byram, la mère de Cheryl, était elle-même la meilleure amie de Mrs Weldon, et il ne se passait pas une semaine sans qu'elles ne se voient.

Les deux femmes se ressemblaient : elles étaient toutes deux cultivées, douces, intelligentes et très séduisantes.

Leurs deux filles devinrent donc les meilleures amies du monde et s'aimaient comme deux sœurs.

Deux semaines plus tôt, alors que Melissa était encore sous le choc après l'annonce du mariage de son père, le destin frappa à son tour Cheryl Byram.

Le phaéton dans lequel se trouvaient lord et lady Byram entra en collision avec une diligence conduite par un cocher ivre. Ce genre d'accident était fréquent; on organisait même des courses pour le seul plaisir de voir ces véhicules filer sur les routes à toute allure. Ces compétitions constituaient un véritable danger pour les voyageurs qui empruntaient ces mêmes routes.

Lorsque le choc se produisit le phaéton roulait à vive allure et il avait volé en éclats. Lady Byram fut tuée sur le coup. Lord Byram resta plusieurs jours entre la vie et la mort, mais succomba finalement à ses blessures.

Melissa était avec Cheryl lorsqu'on lui annonça l'accident. Elle demeura à Byram House, auprès de Cheryl, jusqu'à la mort de lord Byram, puis persuada son amie de venir vivre avec elle quelque temps. Cheryl s'installa donc au manoir et ne rentra chez elle que l'avant-veille du mariage, Denzil Weldon désirant passer sa dernière nuit chez lui, seul avec sa fille.

Melissa avait projeté de rendre visite à Cheryl le lendemain de la cérémonie, mais elle avait reçu un message angoissé de son amie juste avant son départ pour l'église.

Cheryl disait dans son message :

« Un événement terrible s'est produit. Venez le plus vite possible. Je suis perdue, je ne sais plus quoi faire. Il faut absolument que je vous voie. »

En lisant ces phrases, Melissa s'était demandé ce qui pouvait bien motiver un tel appel.

Elle savait que Cheryl était inquiète pour son avenir. Elle n'avait que dix-sept ans et il était indispensable que quelqu'un veille sur elle. Bien qu'elle ait de nombreux parents elle se demandait qui accepterait cette charge.

« C'est à peine si je les connais, avait dit Cheryl à Melissa. Papa détestait tous les membres de sa famille. Il a toujours évité, dans la mesure du possible, d'avoir des relations suivies avec eux. »

Leur isolement avait d'ailleurs contribué à rapprocher encore les deux jeunes filles.

Denzil Weldon avait épousé une jeune fille noble dont le père avait d'autres projets et qui l'avait rejeté car il n'offrait rien d'autre à sa femme que son charme et son amour.

Le père de Cheryl, quant à lui, était le fils d'un duc et un avenir brillant s'ouvrait devant lui. Il était riche, beau, et sa vie était toute tracée. On imagine aisément la consternation de toute la famille, lorsque son père, le duc d'Alwick, avait annoncé que son fils s'était enfui du collège pour épouser la fille de sa logeuse.

Ses parents n'avaient rien pu faire pour éviter le scandale et obtenir l'annulation du mariage.

Lord Rudolph, à cette occasion, s'était montré fort habile...

Les deux jeunes gens s'étaient littéralement évanouis dans la nature, mais Rudolph ayant fait paraître l'annonce de son mariage dans *La Gazette*, il ne pouvait plus être gardé secret.

Ils vécurent cinq ans en Irlande avant de revenir en Angleterre. Entre-temps, Cheryl était née et le duc et sa famille, placés devant le fait accompli, avaient été contraints d'accepter son existence.

Personne n'avait accueilli lord Rudolph et sa femme à leur retour, et ils avaient préféré se retirer dans le Leicestershire. Leur isolement leur avait permis d'éviter les visites et les rencontres avec leurs nombreux parents.

La similitude des situations rapprocha les deux femmes et leur amitié s'accrut au fil des ans, amitié qui profita aux deux fillettes qui devinrent vite intimes.

Cheryl n'avait que dix-sept ans mais elle en paraissait plus. Cette maturité précoce était peut-être due à l'influence de Melissa. C'était une ravissante brune aux grands yeux marron, qui possédait un charme indéniable. Elle était douce, gentille et vouait une admiration sans borne à son amie, qu'elle ne manquait jamais de consulter quand un problème se posait à elle.

Dans la voiture qui l'emmenait chez Cheryl, Melissa supposa que Charles Saunders était certainement la cause de son désarroi.

Cheryl n'avait que quinze ans lorsqu'elle était tombée amoureuse de Charles Saunders, le fils d'un propriétaire terrien du comté. Leur histoire semblait tirée d'un roman...

A son retour d'Oxford, Charles avait rencontré Cheryl encore écolière à l'époque et il était tombé éperdument amoureux de cette toute jeune fille. Comme on pouvait s'y attendre, Cheryl s'éprit à son tour de ce beau jeune homme, qui était le premier à s'intéresser à elle.

Melissa était sûre des sentiments que Charles éprouvait pour Cheryl : elle était persuadée qu'il ne s'agissait pas pour lui d'un simple jeu.

Lord et lady Byram ne s'étaient pas opposés à cet amour. N'avaient-ils pas vécu une aventure semblable ?

Cheryl, toutefois, était trop jeune pour se marier. Charles devait attendre pour l'épouser et cette attente renforça son amour pour la jeune fille.

Il y avait cependant une petite ombre au tableau : Melissa savait par son père que si Cheryl était fort riche, Charles, lui, était relativement peu fortuné. Il appartenait néanmoins à un bon régiment et devait faire prochainement l'objet d'une promotion.

« Nous nous marierons quand il sera capitaine », assurait Cheryl.

« Vos parents sont-ils d'accord? » avait demandé Melissa.

« Je ne vois pas comment ils pourraient s'opposer à mon mariage avec Charles, avait dit Cheryl avec un petit rire malicieux. Après tout, papa n'avait que dix-sept ans lorsqu'il s'est enfui avec maman, qui n'avait, elle, que deux mois de plus que lui. Je les vois mal me déclarer que je suis trop jeune pour me marier! »

Il semblait normal après la mort de ses parents, que Cheryl épouse Charles Saunders le plus vite possible. Son avenir serait ainsi assuré.

Cheryl avait d'ailleurs parlé de son mariage à Melissa, durant le séjour qu'elle avait fait au manoir.

« Charles aura sa nomination la semaine prochaine », avait-elle confié à son amie.

« Mais que dira votre famille? » avait demandé Melissa.

« Cela m'est bien égal. Et d'ailleurs, papa ne s'est jamais soucié non plus de ce que ses parents pouvaient bien penser », avait répliqué Cheryl.

« Il faudra bien tout de même leur apprendre votre mariage. »

« Pourquoi? Nous allons nous marier très discrètement, vous serez ma demoiselle d'honneur et je demanderai à votre père de me conduire à l'autel. »

Tout semblait s'arranger à merveille, mais Melissa ne pouvait s'empêcher de penser que la famille de lord Byram, qui ne s'était pas manifestée jusqu'à présent, ne manquerait pas de le faire. Le père de Cheryl était mort et ils devaient considérer que Cheryl était maintenant placée sous leur tutelle.

« Qu'a-t-il pu se passer? » se demandait sans cesse Melissa.

La route entre Rundel Towers et la maison de Cheryl lui parut longue.

Enfin, elle aperçut les grilles du parc et la voiture s'engagea dans l'avenue bordée d'arbres qui menait à la belle demeure de lord Rudolph.

En regardant par la vitre de la voiture, elle distingua une silhouette qui attendait sur le perron et reconnut Cheryl.

Avant même que Jacob n'ait arrêté la voiture, celle-ci était déjà au bas des marches.

– Oh! Melissa, Melissa!

Elle se précipita vers son amie. Elle ne laissa pas au valet le temps d'ouvrir la portière.

– Je suis si contente que vous soyez venue. Je suis désespérée!

2

Les deux jeunes filles montèrent les marches en courant, traversèrent le hall sans s'arrêter et entrèrent dans le salon dont les fenêtres donnaient sur le parc.

La porte à peine refermée derrière elles par le valet, Melissa demanda :

– Que se passe-t-il donc, Cheryl?

– Je pensais que vous n'arriveriez jamais, dit

Cheryl sur un ton qui trahissait son angoisse. Cela fait des heures que je guette votre voiture. Vous êtes la seule personne qui puisse m'aider.

Elle semblait si désespérée que Melissa ne put que la prendre dans ses bras pour la consoler comme un enfant qui a du chagrin.

– Calmez-vous, Cheryl, lui dit-elle. Quel que soit votre problème, nous trouverons bien une solution. Ce n'est peut-être pas si terrible que ça.

– C'est pire, bien pire, répondit Cheryl.

Melissa prit place sur le sofa et obligea Cheryl à s'asseoir près d'elle.

– Expliquez-moi ce qui s'est passé, lui demanda-t-elle doucement.

Elle savait que son amie pouvait parfois accorder une importance démesurée à des événements futiles, mais elle ne l'avait encore jamais vue dans un tel état d'agitation.

Elle semblait avoir perdu toute raison. Elle s'était pourtant remarquablement bien comportée à la mort de ses parents et avait fait l'admiration de ceux qui avaient assisté à l'enterrement de sa mère, et plus tard à celui de son père. Elle avait bien sûr beaucoup pleuré dans les bras de Melissa mais elle avait su dominer ses émotions en présence d'étrangers.

Cheryl tremblait de tous ses membres et elle était au bord des larmes.

– Allons, calmez-vous et dites-moi ce qui vous est arrivé, pria Melissa.

En guise de réponse, Cheryl sortit une lettre de sa poche et la tendit à Melissa.

La lettre était toute froissée : Cheryl avait dû la lire et la relire des dizaines de fois.

Le papier portait l'en-tête d'Alwick Palace et le texte de la lettre était le suivant :

« Madame,

J'ai l'honneur, au nom de Sa Grâce le duc d'Alwick, de vous prier de bien vouloir vous rendre au palais de Sa Grâce. Vous disposerez d'un jour, à réception de cette lettre, pour effectuer vos préparatifs de départ.

Sa Grâce vous envoie à cet effet, aujourd'hui, deux voitures avec laquais. Mr Hutchinson, courrier personnel de Sa Grâce vous accompagnera et veillera à votre sécurité. Sa Grâce vous autorise également à emmener avec vous votre femme de chambre. Cette autorisation ne s'applique qu'à cette seule et unique personne. D'autre part, Sa Grâce désire que vous ne fassiez pas attendre ses chevaux et vous demande de bien vouloir quitter votre résidence dans l'heure qui suivra leur arrivée.

Je suis, Madame

Votre respectueux et humble serviteur.

Ebenezer Darwin,
Secrétaire de Sa Grâce le
duc d'Alwick. »

Après avoir lu la lettre Melissa tourna ses regards vers Cheryl.

– Vous savez ce que cette lettre signifie ? dit cette dernière.

– Cette lettre signifie simplement que vous devez aller rendre visite à votre oncle et c'est tout, répondit Melissa.

– Oh non ! Ce n'est pas tout. Cela veut dire que je vais devoir rester chez mon oncle, que je vais devoir vivre chez lui, répliqua Cheryl. Il va devenir mon tuteur. Oh, Melissa, c'est trop horrible !

– C'est le frère de votre père et le chef de la famille, il est donc normal qu'il devienne votre tuteur, dit Melissa très franchement, je m'attendais à une solution de ce genre.

– Vous vous y attendiez ! gémit Cheryl. Je n'aurais jamais pensé qu'il puisse agir ainsi : il n'est même pas venu à l'enterrement de papa !

– J'ai cru comprendre toutefois qu'il s'était fait représenter.

– Là n'est pas la question, rétorqua Cheryl, oncle Sergius ne s'est jamais soucié de moi auparavant. Il détestait papa et papa le lui rendait bien.

– Ce n'est certainement pas vrai, dit Melissa. Il est votre plus proche parent, Cheryl.

– Qu'est-ce que cela peut faire? demanda la jeune fille. Il a toujours eu une attitude méprisable envers papa. Il ne lui a jamais pardonné de s'être enfui avec maman. Elle m'a souvent raconté comment il s'était conduit avec eux à leur retour d'Irlande... Mais papa s'en moquait, il disait qu'il pouvait très bien vivre loin de ces gens qui tournaient autour de lui comme des vautours.

Melissa ne put s'empêcher de rire.

– Je crois, Cheryl, lui dit-elle, que vous vous faites un monde de peu de chose. Il est naturel que votre oncle souhaite vous voir. Il désire très certainement s'entretenir avec vous de votre avenir, et décider avec vous où et avec qui vous allez vivre.

– Vous savez très bien que je veux rester ici, dit Cheryl. Je suis chez moi. Je ne pourrais pas supporter de vivre dans une maison étrangère, surtout entourée d'horribles Byram! Ils se sont montrés si méchants envers papa et maman.

– Il n'y a aucune raison pour qu'ils le soient avec vous, dit Melissa. Et après la période de deuil, vous pourrez sortir, aller au bal et assister à des réceptions élégantes. Vous allez pouvoir faire vos débuts dans le monde.

Cheryl bondit comme si un serpent l'avait mordue.

– Comment pouvez-vous dire de telles inepties? cria-t-elle. Comment vous, Melissa, pouvez-vous me parler de faire mes débuts dans le monde alors que vous savez très bien que ma seule ambition est d'épouser Charles.

Melissa poussa un profond soupir. Elle devinait

sans peine que les Byram ne donneraient pas aisément leur consentement à ce mariage.

Elle avait vécu dans l'entourage de Cheryl assez longtemps pour pouvoir mesurer la violence des réactions qu'avait déclenchées la fuite de lord Rudolph et de la colère qui s'était emparée de sa famille à cette occasion. Le père de Cheryl ne s'était jamais soucié du scandale et il s'était moqué du mépris de sa famille à l'égard de sa femme et de sa fille.

Melissa l'avait souvent entendu dire : « Jamais ils ne me pardonneront, mais cela m'est égal. Ils m'ont exclu, renié, mais ils ne savent pas, ces insensés, que c'est ce que j'ai toujours souhaité. »

En grandissant, Melissa s'était demandé parfois si lady Rudolph ne souffrait pas de leur isolement et si la vie mondaine qu'elle aurait pu connaître ne lui manquait pas.

Son époux était très occupé. Tout comme son père, lord Rudolph était un grand chasseur. Il faisait courir ses chevaux dans les manifestations régionales et montait parfois lui-même en course. Et l'administration de ses terres lui prenait beaucoup de temps.

Lady Rudolph, elle, n'avait guère d'activités et elle n'avait que peu d'amis. Tout comme Mrs Weldon, elle prenait soin de sa maison, n'ayant rien en commun avec tous ces gens qui fréquentaient Rundel Towers.

Pourtant, Melissa avait la conviction qu'elle n'avait jamais regretté ce mariage clandestin. Elle s'était réconciliée avec sa famille, mais ses parents étant morts, il n'y avait donc plus personne de son côté pour veiller sur Cheryl.

En un sens, Melissa n'était pas mécontente que les choses s'arrangent ainsi pour Cheryl et qu'elle puisse enfin jouir de ses droits à l'intérieur de cette famille que son père avait méprisée. Cependant, il était bien difficile de persuader Cheryl que c'était son intérêt.

Elle n'avait qu'une idée en tête : épouser Charles. Il était évident qu'ils s'aimaient sincèrement et qu'ils formaient un couple bien assorti, mais le duc d'Alwick ne serait peut-être pas disposé à accepter cette union.

– Je crois, Cheryl, dit Melissa, que vous devez faire ce que vous demande votre oncle, et lorsque vous serez au palais vous lui parlerez de Charles et il vous donnera peut-être son consentement. Vous pourrez vous marier un peu plus tard.

– Un peu plus tard? releva Cheryl. C'est maintenant que je veux épouser Charles. Cette année, en 1820... Dès qu'il sera capitaine rien ne m'arrêtera. Rien, ni personne!

Melissa soupira de nouveau. L'avenir de son amie s'assombrissait mais mieux valait ne pas en parler maintenant.

– Charles est-il au courant de cette lettre? demanda-t-elle.

– Je lui ai envoyé un message, dit Cheryl, mais sa mère m'a écrit pour me dire qu'elle ignorait la date exacte de son retour. Il sera là demain ou après-demain. Que vais-je devenir, Melissa, s'il n'arrive pas à temps?

– Souhaitons qu'il n'arrive pas, répondit fermement Melissa. Je crois qu'il est temps que vous montiez dans votre chambre préparer vos affaires.

– Je ne partirai pas, répéta Cheryl.

Elle serrait convulsivement les mains et tout en parlant, regardait Melissa avec une expression de défiance qui ne lui était pas habituelle.

– Il le faudra, Cheryl, affirma Melissa. Votre oncle, vous le savez aussi bien que moi, peut vous y contraindre.

– Je déteste oncle Sergius! s'écria Cheryl. Je l'ai toujours détesté!

– Quand l'avez-vous vu pour la dernière fois? lui demanda Melissa.

– A l'enterrement de grand-père. Papa ne voulait pas y aller mais maman avait réussi à le faire changer d'avis. Elle prétendait qu'il n'y avait que lui et oncle Sergius pour conduire le deuil.

– Vous êtes donc allée au palais?

– Une horrible bâtisse! dit Cheryl agacée. Et pleine de gens qui ressemblaient à des corbeaux. Papa en avait bien ri par la suite, mais maman avait été impressionnée.

– Avez-vous parlé à votre oncle?

– C'est lui, plutôt, qui m'a parlé, dit Cheryl. Il avait l'air arrogant et un peu effrayant. Il s'était montré assez dédaigneux vis-à-vis de maman, mais elle ne s'en était pas plainte pour ne pas ennuyer papa. Je sais qu'elle s'était sentie très gênée.

– Il y a bien longtemps de cela! remarqua Melissa. Vous n'aviez que treize ans. Qui sait, vous changerez peut-être d'opinion quand vous connaîtrez mieux votre oncle.

– Cela me paraît peu probable, dit Cheryl. Et puis de toutes façons, je n'irai pas au palais, je veux rester ici.

– Il vous envoie prendre, vous devez y aller, répliqua Melissa.

– Et comment ça? demanda Cheryl. Je ne pense pas que son courrier et ses valets me fassent monter de force dans la voiture.

– Bien sûr que non, mais je sais que vous ferez votre devoir! répondit Melissa.

– Vous vous trompez... commença Cheryl.

A cet instant précis, la porte s'ouvrit et un jeune homme en uniforme entra.

Cheryl poussa un grand cri :

– Charles!

Elle traversa la pièce en courant et se jeta dans ses bras.

– Que se passe-t-il, Cheryl? Qu'avez-vous? demanda Charles Saunders.

Il serra contre lui la jeune fille qui se blottit dans ses bras. Puis il regarda Melissa en souriant.

Il était jeune, séduisant. Ses yeux étaient d'un bleu intense et son regard franc. Melissa savait que Charles Saunders était un homme à qui l'on pouvait faire confiance. On le sentait incapable d'accomplir ou manigancer une mauvaise action.

– Dieu merci, vous êtes venu! Enfin! ne cessait de répéter Cheryl, en levant ses yeux pleins de larmes vers Charles.

Il l'embrassa doucement sur la joue, et la conduisit auprès de Melissa.

– Qu'est-il arrivé? demanda-t-il.

Melissa lui tendit la lettre qu'elle avait encore à la main. Après l'avoir lue en tenant Cheryl toujours serrée contre lui il la rendit à la jeune fille.

– Nous devions nous y attendre, dit-il en regardant Melissa.

– Je n'irai pas! Je veux rester ici, avec vous! répétait Cheryl entre deux sanglots. Je l'ai déjà dit à Melissa.

– Cheryl, écoutez-moi, j'ai une grande nouvelle à vous apprendre, dit Charles.

Cheryl leva vers lui ses grands yeux interrogateurs :

– Qu'est-ce qu'il y a?

– Mon régiment part dans trois semaines pour les Indes.

Cheryl ne poussa pas un cri, cette révélation semblait l'avoir rendue muette. Ses yeux restaient fixés sur Charles et Melissa vit soudain qu'elle tremblait de tous ses membres.

– Je suis allé voir le colonel, dit Charles. Il accepte que vous m'accompagniez, à la condition bien sûr, que nous soyons mariés avant le départ.

Avec un cri de joie, Cheryl se jeta dans ses bras.

– Oh, Charles, Charles, j'ai eu si peur! C'est vrai, c'est bien vrai, nous allons pouvoir nous marier?

Il y eut un instant de silence.

Charles se tourna de nouveau vers Melissa pour la prendre à témoin :

– Cela dépend, naturellement, de l'oncle de Cheryl. Il nous faut son consentement.

– Je suis sûre qu'il nous le donnera. Il le faut, déclara Cheryl avec force.

Melissa sentit que Charles ne partageait pas ce bel optimisme.

– Il nous faut regarder les choses en face, ma chérie, dit-il à Cheryl. Venez vous asseoir, nous devons en discuter.

– Pourquoi? demanda Cheryl.

Charles respira profondément avant de répondre.

– Il est peu probable, Cheryl, que votre oncle consente à ce mariage, dit-il calmement.

– Mais pourquoi s'y opposerait-il? demanda Cheryl.

– D'abord parce que vous êtes très jeune, répondit Charles, et ensuite parce que vous êtes très riche, ma chérie.

– Qu'est-ce que cela peut bien lui faire? demanda Cheryl. Seul compte notre amour, et j'épouserai qui je veux.

Sa voix tremblait légèrement : tous trois savaient que la plupart des jeunes filles ne pouvaient espérer choisir librement leur mari.

Les mariages étaient encore arrangés par les parents ou les tuteurs des jeunes filles. La dot de la mariée, les terres ou la fortune du marié pesaient plus lourd dans la balance que les sentiments des futurs époux.

– Nous pourrions peut-être nous enfuir, comme

l'ont fait papa et maman, et nous marier très vite? suggéra Cheryl.

– Vous n'avez pas l'âge de vous marier sans autorisation, répondit Charles, nous serions obligés de mentir sur ce point. Ce qui rendrait automatiquement notre mariage nul si votre tuteur décidait d'y faire opposition.

– Mais qu'allons-nous faire, alors? demanda Cheryl. Je ne veux pas vous quitter, je ne veux pas aller à Alwick Palace sans être sûre que nous pourrons nous marier avant votre départ.

Il y eut de nouveau un silence puis Melissa dit doucement :

– Il me semble, Charles, que Cheryl doit obtempérer aux ordres de son oncle. En refusant de lui obéir elle ne ferait que le contrarier et risquerait de mettre vos projets en péril. Elle doit partir dès que la voiture sera là.

– Cela me paraît la solution la plus sage, dit Charles. Je vais essayer d'obtenir le plus vite possible une permission pour aller parler au duc.

– Et s'il refuse? demanda Cheryl d'une toute petite voix.

– Dans ce cas, il me faudra trouver le moyen de le persuader, répondit Charles.

Il n'était pas aussi optimiste qu'il voulait le laisser croire. Sa voix et son regard trahissaient son inquiétude. Melissa s'en rendait bien compte.

Cheryl se précipita vers lui. Elle semblait lire dans ses pensées.

– Je vous aime, Charles, je vous aime! je ne vous quitterai jamais. Rien ne pourra m'empêcher de vous épouser.

– Il nous faudra peut-être attendre un certain temps, dit prudemment Charles.

– Je ne veux pas attendre, répondit Cheryl. Je veux partir pour les Indes avec vous.

– Je le désire autant que vous, dit Charles, mais

nous devons envisager, chérie, que nous n'obtiendrons peut-être pas le consentement de votre oncle.

– Je ne pourrai pas supporter d'attendre mes vingt et un ans, répondit Cheryl d'une petite voix pathétique.

Charles regarda de nouveau Melissa. Ils savaient tous deux que, même après sa majorité, Cheryl serait toujours sous la tutelle de son oncle et qu'il pourrait toujours lui refuser son consentement.

– N'imaginons pas le pire, dit Melissa avec un entrain qu'elle était bien loin de ressentir. Je suis sûre que si vous expliquez à votre oncle que vous connaissez Charles depuis très longtemps et que vos parents approuvaient vos projets, il ne s'opposera pas à votre bonheur.

– Je ne pourrai jamais lui expliquer tout cela, dit Cheryl d'une voix plaintive. Il ne m'écoutera pas, je le sais. J'ai horriblement peur de lui. Oh Melissa! Venez avec moi, vous saurez lui parler. Avec vous, il comprendra.

– Impossible, répondit Melissa. Votre oncle est très clair : seule votre femme de chambre est autorisée à vous accompagner.

– Il déteste les femmes, papa le disait souvent. C'est pour cela qu'il était aussi désagréable avec maman, dit Cheryl. Je n'irai pas là-bas toute seule! Il faut que vous m'accompagniez, Charles... ou bien vous, Melissa.

– Je ne peux pas, Cheryl. Je ne serai pas libre avant au moins une semaine, dit Charles d'une voix inquiète. Je vous en prie, Melissa partez avec elle. Je ne veux pas qu'elle voyage seule.

– Je veux bien, mais comment faire? demanda Melissa, si le duc déteste les femmes, il sera furieux qu'une inconnue s'impose sous prétexte qu'elle est l'amie de Cheryl.

En disant ces mots, elle eut une inspiration. Elle fit une pause et reprit :

– Par contre, je pourrais très bien vous accompagner en qualité de femme de chambre.

– De femme de chambre ? reprit Cheryl.

– Pourquoi pas? dit Melissa. En fait, cela me conviendrait parfaitement, je suis à la recherche d'un toit.

– D'un toit? s'exclama Charles. Que voulez-vous dire, Melissa?

– Ma belle-mère fait fermer le manoir, expliqua Melissa, elle m'a également fait comprendre qu'elle ne voulait pas de moi chez elle...

– Oh, mais c'est affreux! Quelle horrible femme! s'écria Cheryl. Que veut-elle donc que vous fassiez?

– Elle veut que j'épouse Dan Thorpe, dit amèrement Melissa.

– Vous ne pouvez pas faire ça, dit Charles. Cet homme est un parvenu, un triste sire. Aucune femme digne de ce nom n'accepterait de l'épouser.

– Je le sais, répondit Melissa, et c'est pourquoi il faut que je trouve un moyen de gagner ma vie. Les femmes n'ont pas tellement le choix, alors pourquoi ne deviendrais-je pas la femme de chambre de Cheryl?

– Après tout, peu m'importe, du moment que vous restez avec moi, dit Cheryl. Je suis sûre qu'oncle Sergius ne s'apercevra même pas de votre présence. Nous pourrons parler ensemble, et s'il ne veut pas m'écouter, vous pourrez lui parler.

– Je ne peux pas dire que cette perspective m'enchante, répondit Melissa, mais il faut que quelqu'un vous accompagne et je ne pense pas que Hannah veuille quitter cette maison.

– Elle m'a déjà dit que personne ne pourrait la forcer à aller à Alwick Palace. Elle n'a jamais aimé voyager, même avec maman, et l'idée de vivre dans une maison qui n'est pas la sienne l'épouvante.

Comme Melissa ne répondait pas, Cheryl poursuivit :

– Il faudrait donc que j'emmène Rose, mais la connaissant comme je la connais, elle profitera de la situation pour courir le guilledou avec tous les valets. Elle ne me sera d'aucune utilité et je ne peux pas compter sur elle pour me rassurer, me réconforter si je suis tourmentée ou malheureuse.

Le regard de Charles se fit suppliant.

– Je vous en prie, Melissa, partez avec elle, dit-il. Elle ne saura pas se débrouiller toute seule, et puis j'ai entendu dire que le duc était un personnage très impressionnant.

– Je crois que je n'ai pas le choix; c'est du moins le meilleur moyen de régler mes problèmes personnels, fit Melissa d'un air moqueur.

– Cela veut dire que... que vous acceptez? s'écria Cheryl.

Elle courut vers Melissa et l'embrassa affectueusement.

– Oh! Melissa, vous êtes si gentille, vous avez toujours été si gentille avec moi, dit-elle. Je suis sûre que vous saurez convaincre oncle Sergius que mon amour pour Charles est sincère.

– J'espère que nous n'aurons pas à en venir là, répondit Melissa, mais je vous assure que je ferai tout mon possible pour vous soutenir.

Charles et Cheryl la remercièrent chaleureusement. Ce n'est que plus tard dans la soirée, alors que Charles était parti et qu'elle aidait Cheryl à faire ses bagages, qu'elle prit conscience qu'elle était tout aussi effrayée que sa jeune amie.

Cheryl ne voulut pas la laisser partir et elle passa la nuit chez elle. Les deux jeunes filles renouèrent ainsi avec des habitudes d'enfance.

Le lendemain, tôt dans la matinée, Melissa se

rendit chez elle pour faire ses bagages. En arrivant, elle trouva les deux vieilles servantes en pleurs : elles venaient d'apprendre la nouvelle de la fermeture du manoir. Melissa, hélas, ne pouvait rien pour elles.

Son père, cependant, avait veillé à ce qu'elles reçoivent une petite pension. Il avait également obtenu de Hesther deux cottages pour le vieux maître d'hôtel et le cuisinier.

Melissa savait qu'il avait dû se battre avec Hesther pour qu'elle lui fasse ces concessions. Toutefois, elle ne pouvait lui pardonner son manquement à sa promesse et sa lâcheté devant sa femme en laissant fermer si rapidement le manoir.

Elle emballa les affaires de sa mère, aidée par les deux vieilles servantes en larmes et les rangea dans des grandes malles descendues du grenier. Melissa s'occupa ensuite de ses propres bagages.

Cela ne lui prit pas longtemps. Elle possédait peu de vêtements mais elle ajouta certaines robes ayant appartenu à sa mère à sa maigre garde-robe. Toutes ces toilettes ravissantes et d'un goût parfait avaient été confectionnées à la maison. Elles avaient une allure à la mode car Melissa et sa mère s'étaient beaucoup inspirées des modèles portés par Cheryl et lady Rudolph.

Melissa pensa cependant qu'elles paraîtraient peut-être un peu déplacées à Alwick Palace, si elle était autorisée, toutefois, à sortir des communs.

Elle se consola de ces désagréments éventuels en se disant qu'elle n'aurait pas à supporter longtemps ce genre de vie. Si Cheryl obtenait le consentement de son oncle, il lui faudrait l'aider à préparer son trousseau et il ne lui resterait guère de temps pour penser à autre chose.

Melissa se sentit de nouveau anxieuse. Elle se demandait ce que le duc penserait de Charles en tant que prétendant pour sa nièce... Il était probable que le fils d'un simple propriétaire du comté, peu fortuné, ne conviendrait pas aux aristocratiques Byram qui, si l'on en croyait lord Rudolph, avaient une très haute opinion d'eux-mêmes.

Il était donc indispensable qu'elles gagnent la bienveillance du duc. Tout dépendait de lui. Il fallait qu'il comprenne que le bonheur de Cheryl dépendait de ce mariage.

« Mais, songea Melissa, un homme tel que lui peut-il comprendre que l'amour, pour certains, est la chose la plus importante au monde? » Il valait mieux ne pas s'arrêter à ce genre de considérations pour le moment.

Lorsque Melissa arriva chez son amie, les voitures envoyées par le duc étaient déjà arrivées et attendaient devant le perron.

La plus élégante d'entre elles retint d'abord son attention. Elle était tirée par quatre chevaux; les mors et les harnais étaient étincelants et des armes ducales impressionnantes figuraient sur les portières. Il n'y avait pas moins de six laquais en grande livrée bleue et argent pour escorter le majestueux véhicule. La seconde voiture, de conception plus modeste, était néanmoins tirée par quatre fort belles bêtes.

Melissa sourit en pensant que le duc avait bien fait les choses. Ce départ forcé avait tout de même de l'allure. Cheryl était au salon. Elle attendait Melissa en compagnie d'un homme d'un certain âge qui devait être le courrier. En voyant entrer son amie, elle se précipita vers elle et sans réfléchir l'embrassa, puis elle lui dit :

– Comme vous voyez, l'équipage annoncé par Sa Grâce est arrivé. Voici Mr Hutchinson qui veillera sur nous durant tout le voyage.

Melissa tendit la main à l'homme qui s'inclina courtoisement.

C'était un homme d'un certain âge, aux cheveux

gris et au regard bienveillant. Sa voix était douce et posée. Melissa éprouva tout de suite de la sympathie pour lui.

– Je ne voudrais pas vous presser, miss Byram, dit-il à Cheryl, mais les hommes et les chevaux sont reposés et je pense qu'il est temps de nous mettre en route si nous voulons arriver à l'auberge, où nous devons passer la nuit, vers 6 heures.

– Très bien, répondit Cheryl. Je suis prête, et vous, Melissa?

Hutchinson regarda Melissa, horrifié.

– Cela signifie-t-il que vous nous accompagnez, miss Weldon? demanda-t-il.

Cheryl mit sa main sur sa bouche.

– Grand Dieu! s'exclama-t-elle. Je me suis trahie!

Melissa sourit.

– Vous voilà au courant de notre petit secret, Hutchinson. Ne nous trahissez pas! J'accompagne en effet miss Byram. Sa Grâce ayant autorisé Cheryl à n'emmener que sa femme de chambre avec elle, j'assumerai ces fonctions dès que nous aurons quitté cette maison.

– Femme de chambre? bredouilla Hutchinson. Mais c'est impossible!

– Je vous assure que je saurai veiller sur miss Byram. Je tiens à accompagner Cheryl et je sais que le duc n'accepterait pas de recevoir l'amie de sa nièce.

– Sa Grâce n'appréciera pas, en fait, de voir qu'on a désobéi à ses ordres, dit Hutchinson.

– Dans ce cas, ne lui dites rien, suggéra Melissa. Vous n'êtes au courant de rien. Je ne suis pour vous que la femme de chambre de miss Byram. Nous saurons prendre nos responsabilités si l'on découvre la supercherie.

Elle hésita avant d'ajouter :

– J'espère que nous pourrons voyager ensemble, miss Byram et moi.

– Mais bien sûr, répondit Hutchinson. Miss Cheryl voyagera bien entendu dans la première voiture, avec sa femme de chambre dont elle peut avoir besoin à tout moment. Je suivrai dans la seconde voiture.

Il poursuivit en souriant :

– J'espère que cet arrangement vous conviendra, je préfère, je dois vous l'avouer, voyager seul.

– C'est parfait, Hutchinson, dit Melissa en lui rendant son sourire.

Tout en parlant, ils s'étaient dirigés vers le hall. Cheryl remit au majordome un message destiné à Charles. On devait, disait-elle, le porter immédiatement chez lui.

Le message la préoccupait tant, qu'elle ne se rendit pas compte, en donnant ce dernier ordre, qu'elle quittait la maison où elle avait vécu toute son enfance et où elle ne reviendrait peut-être jamais.

Melissa, elle, y songeait mais elle ne voulut pas tourmenter son amie par ces pensées mélancoliques.

Ils avaient déjà parcouru une longue distance quand Cheryl déclara :

– Je me sens comme Proserpine accomplissant sa descente aux Enfers après son enlèvement par Pluton tout en sachant qu'elle ne reviendra plus sur terre.

– Il y a des lacunes dans vos souvenirs en mythologie, répliqua Melissa. Proserpine savait qu'elle remonterait sur terre chaque printemps et cette pensée l'aidait à supporter le long hiver qu'elle passait auprès de Pluton.

– Long hiver sont bien les mots qui conviennent, dit Cheryl; moi aussi je compterai les jours qui me séparent de mes retrouvailles avec Charles.

Comme Melissa se taisait, elle poursuivit :

– Il est absolument nécessaire que nous persuadions oncle Sergius de me laisser épouser Charles dont je ne dois pas briser la carrière par quelque action inconsidérée. J'ai bien réfléchi, la nuit dernière : il aime la vie militaire et s'il devait abandonner son régiment à cause de moi, je ne me le pardonnerais pas.

– Mais pourquoi même l'envisager? demanda Melissa.

– Parce que, au cas où oncle Sergius nous refuserait son consentement, il nous faudrait fuir en Irlande, dit Cheryl.

– Il ne faut pas y penser, Cheryl, dit Melissa. Mais vous avez raison en ce qui concerne sa carrière. Cela serait un sacrifice terrible pour lui.

– Je saurai sans doute le consoler et le rendre heureux malgré tout... affirma Cheryl d'une voix quelque peu hésitante.

La voiture était très confortable et le déjeuner leur permit de se reposer; néanmoins les deux jeunes filles ne furent pas mécontentes d'arriver à l'auberge où elles devaient passer la nuit.

Ce relais de poste, situé à proximité du champ de courses de Melchester, offrait aux voyageurs un grand confort. Toute l'aristocratie anglaise s'y arrêtait quand elle venait assister aux courses. C'est là, au Flying Fox, que descendaient tous les gens de la noblesse qui ne pouvaient se loger chez des amis.

Quand la voiture entra dans la cour, Melissa et Cheryl eurent la surprise de voir que Hutchinson les attendait déjà.

Elles furent accueillies par le propriétaire, puis une servante rondelette, à la coiffe bien empesée les conduisit jusqu'à leur appartement qui comprenait deux chambres.

– Je suis contente que vous habitiez avec moi, dit

Cheryl, je craignais que Hutchinson ne nous sépare.

– Il n'avait aucune raison de le faire, dit Melissa. Une femme de chambre doit rester auprès de sa maîtresse et veiller à ce qu'elle ne soit pas importunée.

– Voulez-vous dire importunée par des hommes trop entreprenants? demanda Cheryl. Je ne pense pas que cette auberge soit le genre d'endroit qu'ils fréquentent.

– Je ne le crois pas non plus, répondit Melissa, et de toute façon nous allons très certainement dîner dans un salon particulier. Nous ne pourrons même pas nous distraire en regardant les autres clients de l'auberge.

Elle était assez désappointée par cette perspective car elle aurait aimé, comme elle le faisait avec son père lorsqu'ils voyageaient ensemble, s'amuser à deviner la personnalité des autres voyageurs.

Denzil Weldon avait en effet l'habitude d'imaginer d'étranges histoires en prêtant aux inconnus des existences fantastiques et faisait rire aux larmes Melissa et sa mère par ses récits.

Melissa pensa qu'il aurait sans doute été agréable de raconter à son tour ce genre d'histoires à Cheryl et que le temps ainsi lui aurait paru moins long. Elle aurait pu, pour un moment, oublier ses propres tourments.

Après une rapide toilette les deux jeunes filles s'habillèrent et descendirent dîner. Comme Melissa l'avait deviné on leur avait réservé un salon particulier.

C'était une petite pièce avec des murs lambrissés et une grande cheminée devant laquelle étaient disposés de confortables fauteuils.

Avant d'entrer dans le salon, elles avaient entendu des cris et des rires provenant de la salle à manger de l'auberge et du pub où les gens du village venaient boire de la bière.

– On dirait qu'il y a beaucoup de monde ici, ce soir, fit remarquer Cheryl.

– Il s'agit peut-être des passagers d'une diligence, dit Melissa, ou tout simplement de voyageurs qui, comme nous, passent la nuit à l'auberge.

– J'aimerais bien les voir, dit Cheryl.

A peine avait-elle prononcé ces mots, qu'un panneau s'ouvrit dans un mur et laissa apparaître les mains d'une femme portant un plateau avec des verres et une carafe. Elle posa son plateau et le panneau se referma.

– Que c'est drôle! s'écria Cheryl.

– Il doit sûrement s'agir d'un passe-plat qui communique avec la salle à manger, expliqua Melissa.

– Venez, Melissa, je voudrais bien voir à quoi ressemblent les autres voyageurs, dit Cheryl.

Elle traversa la pièce et tout doucement entrouvrit le passe-plat. Tout comme Melissa l'avait suggéré, elles pouvaient voir dans la salle à manger. Autour d'une grande table placée au centre de la pièce de nombreux voyageurs dînaient : il y avait de gros hommes qui devaient être des commerçants, un pasteur, des fermiers vêtus de grossiers costumes de velours, accompagnés de leurs femmes et de leurs enfants. Une jeune femme élégante semblait accompagner un monsieur à favoris qui pouvait être son père : à part elle, il n'y avait personne de bien intéressant.

De petites tables étaient disposées tout autour de la pièce et Melissa put apercevoir Hutchinson qui dînait à l'une d'elles. Plus près d'elles, deux hommes retinrent son attention : l'un d'eux avait une figure en lame de couteau et ses cheveux blancs contrastaient étrangement avec ses épais sourcils bruns.

« On dirait un bandit de comédie », se dit Melissa.

L'autre homme était petit, chauve et avait des yeux gris pâle à l'expression sournoise.

Cheryl qui n'avait fait qu'entrouvrir le panneau pour ne pas attirer l'attention des voyageurs céda sa place à Melissa, qui put ainsi examiner la salle tout à son aise.

– Ils n'ont pas l'air bien intéressants, chuchota Cheryl. Et puis, je ne vois pas un seul homme jeune!

Melissa examina la salle une dernière fois pour s'assurer qu'aucun des convives n'avait échappé à leurs regards. C'est alors qu'elle entendit le petit homme chauve dire à son compagnon :

– Il faut que nous trouvions un réparateur pour les cloches de l'église.

Melissa sourit en refermant le panneau. Les deux hommes n'avaient en tête aucun des projets criminels qu'elle leur aurait volontiers prêtés, ils ne songeaient qu'à faire réparer les cloches de leur église. Melissa songea que son père aurait eu bien du mal à inventer une existence fabuleuse à chacun...

– J'ai faim! dit Cheryl. J'espère que nous allons bientôt dîner.

Elle alla s'asseoir devant la cheminée et Melissa la suivit. La porte s'ouvrit presque aussitôt et deux servantes entrèrent pour leur servir le premier plat d'un repas qui s'avéra des plus copieux : potage aux huîtres, turbot au four, pigeons rôtis, gigot d'agneau servi avec une sauce aux câpres, assortiment de charcuterie, rôti de bœuf, fromage et pâtisseries.

Cheryl goûta à tous les gâteaux avant de constater qu'elle était rassasiée! Elles quittèrent la table et allèrent s'asseoir devant le feu.

La porte s'ouvrit, et à sa grande surprise Melissa vit entrer non pas une servante venue pour desservir la table mais un homme habillé à la dernière mode.

Sa cravate était soigneusement nouée et son habit admirablement coupé sortait visiblement de chez un tailleur réputé, comme son pantalon de couleur champagne. Il arborait fièrement une montre de gousset et ses bottes brillaient comme un miroir, sans la moindre trace de poussière.

Les deux jeunes filles, interdites, le dévisagèrent puis Cheryl s'écria :

– Gervais Byram! Je ne me trompe pas n'est-ce pas, vous êtes bien mon cousin Gervais?

– Vous ne vous trompez pas, Cheryl, dit le jeune homme en refermant la porte.

Il s'avança vers la cheminée et continua :

– Quelle ne fut pas ma surprise en voyant la voiture de votre oncle dans la cour et en apprenant que vous étiez ici!

– Je vais au palais, expliqua Cheryl. Mon oncle m'a fait demander.

– J'ai appris par les journaux la mort de votre père et de votre mère, lui dit son cousin. Tout le monde s'était bien gardé de m'informer de cette affreuse tragédie. Je suis désolé, Cheryl! Cela a dû être un grand choc pour vous.

– Ce fut horrible, répondit Cheryl avec des sanglots dans la voix.

Puis, surmontant son trouble elle poursuivit :

– Cheryl, je vous présente mon cousin Gervais Byram. Gervais, voici mon amie Melissa Weldon.

Melissa fit la révérence et Gervais Byram la salua.

Cet homme lui paraissait très convenable. Cependant son instinct lui soufflait qu'il y avait en lui quelque chose d'étrange. Elle n'aurait pu, cependant, préciser ses craintes.

Denzil Weldon s'était souvent moqué des intuitions de sa fille. Pourtant les impressions de Melissa se révélaient toujours exactes, même si, à première vue, elles semblaient injustifiées. Il lui demandait souvent, quand ils venaient de faire la connaissance de quelqu'un :

« Qu'est-ce que tu en penses, Melissa? »

Il se passait parfois beaucoup de temps avant que sa première impression ne soit confirmée par les événements, mais Melissa ne se trompait jamais.

« Comment as-tu pu deviner que cet homme était un escroc? » lui avait demandé un jour son père à propos d'un homme qui avait été arrêté six mois après leur rencontre.

« Je ne sais pas, avait-elle répondu. Mon instinct me met toujours en garde contre ceux qui cherchent à dissimuler un côté déplaisant de leur personnalité. »

« Et lorsqu'une personne se montre sous son vrai jour? » avait demandé son père.

« Dans ce cas, je ne ressens rien de particulier », avait-elle confessé.

« Tu n'es qu'une tricheuse », répliquait son père, mais les impressions de sa fille continuaient à être confirmées par les événements. « Cela doit venir du sang écossais qui coule dans tes veines, lui avait-il dit un jour. Mon arrière-grand-mère était une MacDonald ou une Campbell, je ne sais plus. Quant à ta mère elle possède des ancêtres écossais qui étaient, j'en suis sûr, un peu sorciers et qui auraient dû périr sur le bûcher. » « Melissa a hérité des dons de clairvoyance de ma grand-mère qui était russe et non pas de mes ancêtres écossais, avait assuré Mrs Weldon. »

« Cela vient sûrement de là! s'était exclamé son mari. Les Slaves cultivent le mystère et les histoires de magie. Ils croient aux fées, aux lutins, aux farfadets et à toutes les manifestations surnaturelles. »

Il plaisantait et Melissa avait ri de ses propos,

mais elle s'était demandé, par la suite, si elle ne possédait pas un don qui la rendait différente des autres. Elle pressentait, devinait ce qui n'apparaîtrait aux autres que plus tard. Or, elle avait en cet instant l'intuition que quelque chose sonnait faux dans la conduite de Gervais Byram bien qu'il soit en apparence l'homme le plus charmant du monde.

Il avait pris place au côté des jeunes filles et commandé du vin. Cheryl lui raconta que son oncle avait décidé de la faire venir chez lui et que c'était à peine si elle avait eu le temps de faire ses bagages.

– Cela ne m'étonne pas. Cela lui ressemble tout à fait, dit Gervais. Aucun homme n'est plus égoïste que lui.

Après un moment de silence Cheryl déclara :

– J'ai peur d'oncle Sergius!

– Et vous avez bien raison, répliqua Gervais.

Ses lèvres se pincèrent et il ajouta :

– Je le déteste! Mais nous devons nous soumettre à ses volontés.

– Pourquoi? demanda Cheryl.

– Très simplement, chère cousine, parce que c'est lui qui tient les cordons de la bourse, répondit Gervais.

– Je m'en moque bien, dit Cheryl.

– Et pourquoi donc? demanda Gervais.

– Parce que papa m'a légué largement de quoi vivre.

Melissa eut soudain l'impression de voir une lueur d'intérêt percer dans le regard de Gervais Byram. Elle se demanda si c'était son imagination qui lui jouait un tour ou si réellement Gervais se montrait soudain plus attentionné.

Il alla jusqu'à lui baiser la main en prenant congé.

– Je vous verrai certainement à Alwick Palace.

– Allez-vous y séjourner quelque temps?

– Si cet horrible monstre veut bien de moi, oui!

Melissa avait remarqué que Cheryl ne lui avait pas parlé de Charles et elle n'en comprit la raison que lorsqu'elles furent de retour dans leur chambre.

– Que pensez-vous de mon cousin Gervais? demanda Cheryl.

– C'est un homme très élégant, répondit Melissa. Il doit faire figure de dandy, à Londres.

– C'est exact, répondit Cheryl, mais il est perpétuellement poursuivi par ses créanciers. Papa disait d'ailleurs que ce n'était qu'un bon à rien.

« Ainsi j'avais raison », se dit Melissa. Puis s'adressant à Cheryl, elle demanda :

– Vous ne semblez pas l'aimer beaucoup!

– Non, et son attitude m'a surprise, dit-elle.

– Pourquoi?

– Parce qu'il est ravi que papa soit mort.

– Cheryl! Comment pouvez-vous affirmer de telles choses! dit Melissa. Qu'est-ce qui peut bien vous faire penser ça?

– Parce qu'ainsi, il devient l'héritier présomptif d'oncle Sergius, répondit Cheryl. Papa disait que Gervais était ravi que je sois une fille. Il se demandait souvent quelles seraient les réactions de Gervais si maman lui donnait un fils, bouleversant ainsi toutes ses espérances.

– Je ne peux croire que votre cousin se réjouisse de la mort tragique de votre père, reprit Melissa.

Tout en prononçant ces paroles elle se rappela avec quelle désinvolture Gervais avait présenté ses condoléances à Cheryl : il ne paraissait pas particulièrement attristé.

– Pourquoi votre oncle ne s'est-il jamais marié? demanda Melissa. Il ne doit pas être très vieux?

– Non, il n'avait qu'un an de plus que papa,

répondit Cheryl. Voyons : papa avait dix-huit ans quand je suis née, il en aurait donc trente-cinq aujourd'hui, ce qui fait trente-six ans pour oncle Sergius. Mais attendez de le voir! Je suis sûre qu'il doit être horrible.

– Cheryl! Voulez-vous bien vous taire! s'exclama Melissa.

C'était bien la première fois que Cheryl se montrait aussi sévère. Melissa comprenait toutefois l'agressivité de son amie, envers cette famille qui avait rejeté son père et sa mère. Cela ne laissait rien présager de bon pour la suite des événements et elle souhaita qu'elle apprenne à modérer ses jugements.

Melissa se demanda si Gervais viendrait les voir au palais, attiré par la fortune de sa cousine.

– Je suis sûre que Gervais est content que papa soit mort, répéta Cheryl. Cette situation lui permettra peut-être de soutirer un peu d'argent à oncle Sergius! Il a toujours eu du mal à payer ses dettes, et ses créanciers ont plusieurs fois menacé de l'envoyer en prison. Il a même essayé, un jour, d'emprunter cinq cents livres à papa.

– Votre père a-t-il accepté de lui prêter cette somme? demanda Melissa, curieuse.

– Je pense que oui, répondit Cheryl parce qu'il s'est montré très évasif quand maman lui a demandé s'il avait accepté. Vous savez d'ailleurs combien papa était généreux. Je me souviens qu'il avait dit ce jour-là qu'en donnant de l'argent à Gervais il aurait l'impression de remplir le tonneau des Danaïdes. Il ajouta que son cousin ne savait faire qu'une chose dans la vie : dépenser l'argent qui ne lui appartenait pas.

– Vivre sans argent n'est pas chose facile, affirma Melissa.

Elle se souvenait que sa mère et elle étaient souvent restées rêveuses en songeant à tout ce qu'elles ne pouvaient s'offrir. Son père souffrait lui aussi de leur pauvreté et s'en plaignait amèrement. « Enfin, se dit Melissa avec un petit pincement au cœur, c'est du passé! » Son père pourrait désormais acheter les chevaux dont il aurait envie, à la condition bien sûr de passer par les volontés de Hesther.

3

Gervais Byram semblait avoir quitté le relais quand Cheryl et Melissa descendirent, le lendemain matin.

Elles n'en furent pas étonnées. Hutchinson, en revanche, leur apprit une nouvelle surprenante : le départ avait été fixé à 10 heures. Les deux jeunes filles avaient donc tout le temps de prendre leur petit déjeuner et de faire leurs bagages.

Une halte était prévue pour le déjeuner, après quoi il ne leur resterait plus que quelques miles à parcourir, environ une heure et demie de route.

A mesure qu'elles approchaient du terme de leur voyage, Cheryl devenait de plus en plus nerveuse. Elle avait d'abord paru confiante : son oncle, elle en était sûre, lui donnerait son consentement, mais cette belle confiance diminuait peu à peu. Elle demeurait silencieuse, perdue dans ses pensées.

Melissa était, elle aussi, anxieuse. Elle avait hâte d'arriver à destination. Il lui tardait de voir Alwick Palace dont elle avait beaucoup entendu parler.

Lord Rudolph, en dépit de sa situation, s'était toujours intéressé à l'histoire de sa famille et il était fier de ses ancêtres. Melissa se souvenait de ses explications sur les origines d'Alwick Palace.

« Il existe peu de palais en Angleterre, disait-il,

qui aient un passé aussi prestigieux. Blenheim, évidemment, est le plus célèbre d'entre eux : il a été offert en 1705 au duc de Marlborough pour services rendus à la nation. Buckon Palace, dans le Huntingdonshire, date du XIIe siècle mais il est plus récent qu'Alwick qui fut bâti bien avant l'invasion normande. »

« Il ne devait pas être alors aussi imposant qu'aujourd'hui, avait fait remarquer Cheryl. »

« Non, bien sûr, avait répondu son père. Il devait à cette époque, ressembler à une forteresse. En ce temps-là, les attaques étaient fréquentes et il fallait se protéger des assaillants. Le palais proprement dit, fut construit sous le règne d'Elisabeth Ire par l'un de ses courtisans. Ce fut la reine en personne, qui donna son autorisation pour que le château prenne le nom de « palais », et bien que chaque génération de Byram ait apporté des modifications à la construction originelle, le style Tudor n'en reste pas moins la principale caractéristique. »

Il avait aussi parlé des trésors exceptionnels qu'il renfermait.

Melissa avait écouté toutes ces explications avec intérêt mais il lui avait été bien difficile de se faire une idée précise de la réalité.

Cheryl, qui connaissait déjà le palais, n'avait guère prêté attention aux paroles de son père. L'histoire de ses ancêtres, qui avaient vaillamment combattu pour sauvegarder leurs titres et leurs domaines, ne la passionnait guère.

Mais Melissa s'était dit que les Byram devaient en éprouver une légitime fierté. C'était, sans aucun doute, cette fierté qui les avait poussés à rompre tout lien avec lord Rudolph après son scandaleux mariage avec une jeune fille qui n'était pas de leur condition. C'était aussi cette fierté qui avait poussé le père de Cheryl à renier sa famille. Elle devait également avoir été la cause de la mésentente entre les deux frères. Le duc avait cependant fort bien agi en décidant de veiller sur sa nièce devenue orpheline.

– Il faut que je vous parle, Cheryl, lui dit-elle après le déjeuner alors qu'elles entamaient la dernière étape de leur voyage. Je vous supplie de vous montrer conciliante avec votre oncle. Faute de quoi, il pourrait décider de vous punir en refusant de vous écouter lorsque le moment viendra de lui parler de Charles. Il peut, d'ailleurs, avoir d'autres projets pour vous.

– Quel genre de projets?

Melissa eut un geste expressif.

– Je ne sais pas moi, répondit-elle, il souhaite peut-être vous emmener à Londres, vous faire rencontrer le régent, assister à des bals et à des réceptions. Que sais-je encore...

– Je ne veux pas, dit Cheryl, je veux aller aux Indes, avec Charles.

– Je sais, répondit patiemment Melissa. Nous allons essayer de le persuader de vous laisser épouser Charles avant qu'il ne parte mais il ne faut pas vous faire d'illusions : votre oncle ne se rendra pas sans combattre.

– Oncle Sergius ne s'est jamais soucié de moi jusqu'à présent, dit Cheryl. Il n'a pas à se mêler de mes affaires.

– Je vous comprends mais il en a le droit.

– Je le déteste! cria Cheryl. C'est un monstre, cousin Gervais l'a bien dit, un véritable monstre qui terrorise toute la famille.

– Voyons, Cheryl! Ne parlez pas sans savoir. Votre oncle était fâché avec votre père, c'est vrai, mais ils étaient déjà brouillés bien avant qu'il n'hérite du titre. Je suis sûre que vous n'aimeriez pas, vous non plus, voir votre frère, si vous en aviez un, s'enfuir du collège pour se marier clandestinement!

– Si maman avait été serveuse dans un café ou balayeuse, j'aurais compris. Mais vous savez combien elle était douce et gentille, et son père était un homme tout à fait honorable. Il fallait toute l'arrogance des Byram pour décréter qu'elle n'était pas assez bien pour entrer dans leur famille.

Melissa eut un petit rire triste.

– Voyons, Cheryl! Comment pouvez-vous parler ainsi de choses qui se sont passées bien avant votre naissance? Il faut oublier tout cela et songer à l'avenir, à votre avenir.

Cheryl serra désespérément la main de Melissa et lui avoua :

– J'ai affreusement peur que Charles ne parte sans moi pour les Indes. Je ne supporterais pas son absence.

– Nous allons tout faire, Cheryl, pour que cela n'arrive pas.

Après cet échange de propos les deux amies restèrent silencieuses.

Soudain, Alwick Palace apparut au milieu des arbres qui bordaient la route. Melissa fut stupéfaite.

La silhouette du palais avec ses cheminées et ses coupoles, se détachait sur le ciel bleu et ses innombrables fenêtres scintillaient de mille feux au soleil.

Il semblait presque impensable qu'une telle demeure puisse servir de foyer à une seule famille, même à une famille d'aussi noble extraction que celle des Byram.

La voiture s'engagea dans une longue allée bordée d'arbres, puis traversa un pont. Sur la surface argentée d'un lac glissaient des cygnes majestueux. Tout autour, s'étalaient à perte de vue des pelouses couvertes de jonquilles.

Le parc était si beau que Melissa ne put s'empêcher de penser, avec un petit pincement au cœur, que quoi qu'il arrive elle ne regretterait jamais d'avoir eu la chance de pouvoir admirer une demeure aussi splendide.

La voiture s'arrêta devant un escalier de pierre imposant. Des laquais en livrée bleue et argent se précipitèrent pour aider les voyageurs à en descendre.

Un majordome à l'allure compassée s'inclina cérémonieusement devant elles et leur dit :

– Je vous souhaite la bienvenue au palais, mesdemoiselles. J'ose espérer que vous avez fait bon voyage.

– Oui, merci, répondit Cheryl d'une voix où perçait sa nervosité.

– Voulez-vous avoir l'obligeance de me suivre, mademoiselle?

Le hall, immense, était aussi impressionnant que le parc. Melissa en eut le souffle coupé : un escalier monumental occupait presque toute la surface. Les peintures qui ornaient les murs représentaient des scènes mythologiques dont les vives couleurs apportaient une note chaleureuse dans le cadre solennel.

Le majordome les précéda dans l'escalier aux marches recouvertes d'un épais tapis rouge.

Melissa songea avec plaisir qu'on les conduisait à leurs chambres et qu'elles allaient enfin pouvoir se changer et se reposer des fatigues du voyage.

Elles avaient besoin toutes deux de changer de toilettes d'autant plus que Cheryl avait taché sa robe de satin lors du déjeuner. Melissa avait essayé de la nettoyer mais la tache avait résisté à ses efforts. Aussi lui avait-elle dit :

– J'espère que nous aurons le temps de nous changer, vous ne pouvez pas vous présenter devant votre oncle avec une robe dans cet état.

– Ne vous inquiétez pas, Melissa, avait dit Cheryl, nous aurons tout notre temps. Lors du dernier séjour que j'ai fait au palais, il nous a fait attendre une journée entière avant de daigner nous recevoir.

– C'est incroyable! s'était écriée Melissa. Quelle raison avait-il d'agir ainsi?

– Je pense simplement qu'il voulait humilier maman et la mettre mal à son aise. Il a l'habitude, paraît-il, de traiter ainsi les membres de sa famille. J'ai déjà entendu des cousins se plaindre de ce comportement.

Melissa n'avait pu s'empêcher de penser, alors, que le duc devait être un curieux personnage, mais elle s'était bien gardée de faire part de ses réflexions à Cheryl.

Tout en suivant le majordome dans une galerie garnie de meubles anciens et, dans des cadres dorés, de portraits des ancêtres des Byram, Melissa songeait au plaisir qu'elles auraient de pouvoir enfin passer des vêtements plus confortables.

Toutes deux avaient revêtu, pour le voyage, de ravissantes tenues. Cheryl portait une robe commandée à Londres : elle avait un grand décolleté et de larges manches. La pelisse de taffetas qui la dissimulait bruissait à chacun de ses pas. Melissa, quant à elle, avait choisi un manteau bleu, qu'elle avait confectionné en s'inspirant de l'une des anciennes pelisses de son amie, dont la couleur mettait en valeur la pureté de ses traits et la luminosité de son teint.

Elles portaient également de ravissants chapeaux noués par des rubans. Celui de Cheryl était garni de dentelle et de petites plumes d'autruche roses. Melissa avait choisi un chapeau de paille orné de rubans bleus qui, par sa simplicité, mettait en valeur la forme de son visage et l'intensité de son regard.

Les deux jeunes filles, toujours précédées du majordome, traversèrent un autre corridor avant de s'arrêter devant une porte richement décorée. Melissa était heureuse d'être enfin arrivée.

Mais en ouvrant la porte, le majordome annonça, à sa plus grande consternation :

– Miss Cheryl, Votre Grâce!

Cheryl et Melissa s'avancèrent. C'était une pièce immense ornée de magnifiques peintures, mais les deux jeunes filles n'eurent d'yeux que pour l'homme qui se tenait à l'autre bout, devant la cheminée de marbre, et qui semblait attendre qu'elles approchent.

Cheryl s'avança doucement, suivie par Melissa qui entendit la porte se refermer sur elle. Son attention se concentra aussitôt sur le duc et elle ne put que constater que le palais avait trouvé un maître digne de lui.

Le duc avait une prestance incontestable : il lui parut bien différent de l'idée qu'elle s'en était faite à travers les propos de son amie.

Il était grand, large d'épaules, avec de beaux cheveux bruns.

Melissa songea qu'il avait l'air d'un général romain : il était majestueux et c'était, à n'en pas douter, un homme fait pour commander et se faire obéir.

Il était habillé avec un goût parfait et ses vêtements avaient assurément été choisis pour mettre en valeur ses qualités physiques. Sa cravate blanche, nouée avec soin, dissimulait un long cou, et la coupe de sa veste soulignait sa taille et sa carrure, tandis que ses hautes bottes convenaient à ses longues jambes.

Néanmoins, son visage, à lui seul, retenait l'attention.

Melissa songea qu'elle n'avait jamais vu auparavant d'homme capable d'afficher un tel cynisme et un tel dédain. Il n'y avait pas l'ombre d'un sourire sur ses lèvres et son regard, dont la dureté était accentuée par d'épais sourcils, semblait les fouiller jusqu'au tréfonds de leur âme. Malgré tout, ce visage restait fort séduisant...

Cheryl s'arrêta à quelques pas de son oncle et fit une révérence, imitée par Melissa.

– Il y a bien longtemps que nous ne nous sommes vus, Cheryl! commença-t-il.

Melissa se dit que sa voix était telle qu'elle l'avait imaginée : profonde et autoritaire.

– Oui, oncle Sergius, répondit Cheryl.

– Votre voyage s'est-il bien passé?

– Oui, oncle Sergius.

Puis, tournant la tête vers Melissa, il demanda :

– Qui est cette personne?

Il y eut un instant de silence, puis Cheryl répondit d'une voix mal assurée :

– Ma... ma... femme de chambre.

Melissa comprit alors, mais trop tard, qu'elle n'aurait jamais dû suivre Cheryl. Une femme de chambre aurait attendu sa maîtresse dans l'antichambre.

– Votre femme de chambre? Vraiment?

– Oui... oui, oncle Sergius.

– Et depuis quand les femmes de chambre sont-elles autorisées à entrer dans un salon, à la suite de leur maîtresse?

Un silence pesant s'ensuivit, puis Melissa s'adressant au duc, expliqua :

– Je vous prie de bien vouloir me pardonner, Votre Grâce, mais je pensais que l'on nous conduisait à nos chambres.

Elle fit la révérence et s'apprêtait à quitter la pièce quand la voix du duc ordonna :

– Arrêtez!

Melissa se retourna.

– Quel est votre nom?

– Melissa Weldon, Votre Grâce.

– Et vous êtes la femme de chambre de ma nièce?

– Oui... Votre Grâce.

– Depuis quand exercez-vous cette fonction?

Le silence se fit à nouveau avant que Melissa ne réponde d'une voix hésitante :

– Depuis... depuis... peu de temps, Votre Grâce.

– Où avez-vous servi avant d'entrer au service de ma nièce?

– Nulle part, Votre Grâce... mais... je...

– Répondez! interrompit le duc.

Melissa le fixait avec une vive appréhension. Elle ne pouvait détacher son regard du sien.

– Depuis quand connaissez-vous ma nièce?

– Depuis douze ans, Votre Grâce.

– Et vous avez décidé toutes les deux de me jouer cette petite comédie. Vous aviez sans doute envie de voir à quoi peut bien ressembler un duc?

– Non, je vous assure, Votre Grâce. Je n'ai accompagné votre nièce que parce qu'il me fallait trouver un emploi.

– Pourquoi?

La question avait été posée si brutalement que Melissa ne put avouer la vérité.

– Parce qu'il m'est désormais impossible de vivre dans ma propre maison. On vient de la fermer.

– Et pour quelle raison?

Le ton était impératif.

– Parce que ma mère... est morte... et mon père est remarié.

– Ne peut-il vous garder auprès de lui?

– Non. Ma belle-mère ne veut pas de moi chez elle.

– Vous avez donc vous et ma nièce tramé ce petit complot en espérant que je ne m'apercevrais de rien?

– Je suis sûre, Votre Grâce, que je pourrais... remplir correctement cette fonction.

– Et vous comporter comme une domestique?

Il y avait tant de mépris dans ces paroles que Melissa se sentit rougir sous l'affront.

– Je vous en prie, oncle Sergius, s'interposa Cheryl. Melissa est ma meilleure amie. Nous avons grandi ensemble. Elle était dans une situation délicate et comme il n'y avait personne qui accepte de m'accompagner, je l'ai suppliée de bien vouloir venir avec moi. Je vous conjure de ne pas vous fâcher, elle ne savait vraiment pas où aller.

– Je vous avertis, dit le duc, que je ne vous laisserai pas vous moquer de moi : je déteste le mensonge et l'hypocrisie.

– Je suis désolée, oncle Sergius, dit humblement Cheryl.

– Et vous? dit le duc en regardant Melissa, qu'avez-vous à dire pour votre défense?

– Je ne peux qu'espérer que vous me pardonnerez. Nous n'avions pas l'intention de vous abuser, dit Melissa. Mon but, en venant ici, était de veiller sur Cheryl et de me comporter tout comme le ferait n'importe quelle femme de chambre. Je lui suis très reconnaissante de m'avoir donné cette chance.

Le duc restait silencieux et Melissa poursuivit :

– Cheryl étant désormais sous votre protection, je suis prête à quitter cette demeure dès que vous me l'ordonnerez. Je ne vous demanderai qu'une faveur : c'est de me faire conduire jusqu'au relais de poste le plus proche.

Le duc regardait Melissa avec la plus grande attention. Il semblait mettre en doute la véracité des paroles de la jeune fille. Puis soudain, il lui demanda :

– Où irez-vous, si vous quittez cette maison?

– Chez ma belle-mère. Mon père et elle sont actuellement en voyage de noces.

– Et vous envisagez de rester chez elle longtemps?

– Non, juste le temps de trouver... une autre solution.

Cheryl se fit suppliante :

– Je vous en prie, oncle Sergius, ne la renvoyez pas. Vous ne pouvez pas comprendre. Sa belle-mère est une horrible femme. Elle veut forcer Melissa à épouser un homme qu'elle déteste. Je dois l'aider : cet homme est indigne de mon amie.

– Ainsi, on vous a demandée en mariage? interrogea le duc, après l'intervention de Cheryl.

– Oui, Votre Grâce.

– Cet homme peut-il subvenir à vos besoins?

– Oui, Votre Grâce.

– Alors, pourquoi refusez-vous de l'épouser?

Melissa respira profondément avant de répondre :

– Parce que, Votre Grâce... je... je ne l'aime pas... et je ne pourrai jamais l'aimer.

– Je vois, vous êtes de ces jeunes filles qui considèrent l'amour comme essentiel dans le mariage.

Un sourire cynique flottait sur les lèvres de Sergius Byram et son ton était franchement sarcastique.

– Je pense en effet, Votre Grâce, que c'est essentiel...

Melissa avait fièrement relevé la tête. De quel droit le duc, tout noble et puissant qu'il soit, se permettait-il de l'interroger sur sa vie privée?

– Vous apprendrez bien vite, miss Weldon, que l'amour n'est qu'une illusion. C'est en tout cas un luxe que l'on peut rarement s'offrir.

Melissa baissa bien vite les yeux afin qu'il ne puisse pas y lire la colère qui s'était emparée d'elle. De quel droit se mêlait-il de ses affaires? Qui était-il, pour espérer ainsi lui dicter ses sentiments?

Elle n'avait aucune obligation envers lui, mais Cheryl était sa nièce et, pour cette raison, elle se retint de lui dire ce qu'elle pensait. Elle ne voulait pas le mécontenter. Elle mourait d'envie, pourtant, de lui crier qu'elle refusait de devenir comme lui, cynique et désabusée et que l'amour comptait plus pour elle que toutes les richesses qu'un homme comme Dan Thorpe pouvait lui offrir.

Le duc sembla prendre conscience des pensées qui l'agitaient. Il la considéra en silence quelques secondes, puis se tournant vers Cheryl, il reprit :

– Bien! Dans ces conditions, j'accepte que votre amie demeure ici avec vous. Toutefois, je pense qu'il serait préférable, pour tout le monde, que miss Weldon séjourne ici en qualité d'invitée et non de femme de chambre.

– Oh, merci, oncle Sergius! Merci, merci du fond du cœur! s'écria Cheryl. Je vous en serai toujours reconnaissante.

– Je pense, Cheryl, dit le duc, qu'étant donné que vous allez vivre avec moi, dans ce palais, il est bon pour vous d'avoir une compagne de votre âge. Je vais donner les instructions nécessaires à ce sujet.

– Merci, oncle Sergius, dit encore Cheryl.

Le duc tira le cordon de la sonnette. La porte s'ouvrit aussitôt, devant le majordome.

– Informez la gouvernante, ordonna le duc, que miss Cheryl est accompagnée de son amie miss Weldon. Qu'on veille à leur donner des chambres voisines. Il faudra également trouver une femme de chambre pour miss Cheryl. Vous m'avez bien compris?

– Oui, Votre Grâce.

Le duc s'adressa ensuite à Cheryl et déclara :

– Je vais maintenant vous laisser vous reposer. Je vous verrai toutes deux au dîner.

Cheryl et Melissa firent une petite révérence et sortirent.

Cette dernière avait l'impression curieuse d'avoir été prise dans une sorte de typhon et d'en être sortie saine et sauve, sans trop savoir comment.

Le majordome parti à la recherche de la gouvernante pour qu'on prépare une chambre pour Melissa, les deux amies se retrouvèrent seules dans celle de Cheryl.

– Vous avez entendu, Melissa? dit Cheryl. Il veut que je reste ici, avec lui. Il faut absolument que je lui parle de Charles, mais quand?

– Vous aurez peut-être l'occasion de le faire ce soir, après le dîner, répondit Melissa. Mais je crois qu'il serait plus sage d'attendre jusqu'à demain.

– Impossible, Melissa! Vous savez bien que je ne peux pas attendre. Il reste si peu de temps avant le départ de Charles. Et puis, je crains qu'oncle Sergius ait déjà fait des projets pour moi.

– C'est tout à fait naturel, Cheryl, il ne peut se douter que vous en avez, vous aussi, dit Melissa avec douceur.

– J'ai si peur de lui! dit Cheryl. Vous avez vu comme il s'est mis en colère quand il a découvert que vous n'étiez pas ma femme de chambre?

– J'ai été vraiment stupide, dit Melissa. J'aurais dû demander tout de suite en arrivant, où je devais me rendre, mais j'étais bien trop impressionnée par les fastes du palais pour y songer. D'autre part, je n'aurais pas imaginé que l'on allait nous conduire directement devant votre oncle.

– Je ne m'en doutais pas non plus, admit Cheryl. Il n'a pas changé, il est toujours aussi effrayant. Vous avez entendu, Melissa, ce qu'il a dit à propos de l'amour? Je suis persuadée qu'il refusera de comprendre quand je lui parlerai de Charles et de notre amour...

Melissa, elle aussi, en était sûre, mais elle préférait ne pas inquiéter Cheryl. Elle redoutait cet instant autant que son amie, car elle avait l'intime conviction que le duc n'écouterait même pas les arguments de sa nièce. Elle souhaitait ardemment que l'avenir lui donne tort, que le duc se montre compatissant. Cependant...

Elles ôtèrent leurs vêtements de voyage pour revêtir de ravissantes robes d'après-midi et Melissa proposa à Cheryl de partir à la découverte du palais.

Cheryl portait une toilette élégante en satin, garnie de rubans de velours et agrémentée de volants. Melissa avait revêtu une robe de mousseline blanche, dont la ceinture bleue soulignait la finesse de sa taille.

En découvrant les merveilles qui s'offraient à leurs regards, les deux jeunes filles oublièrent momentanément leurs soucis. Cheryl qui, d'habitude, ne s'intéressait guère à l'art, partageait l'enthousiasme de son amie.

Chaque pièce recelait de véritables chefs-d'œuvre, mais la bibliothèque retint tout particulièrement leur attention. Du sol au plafond, des livres s'alignaient sur des rayonnages. Au centre, un escalier en colimaçon permettait d'atteindre la mezzanine qui faisait le tour de la pièce.

Elles y firent la connaissance du conservateur du palais, un vieux monsieur aux cheveux blancs qui avait toujours vécu là et qui se souvenait parfaitement du père de Cheryl.

Elles se présentèrent et Melissa demanda :

– Nous serait-il possible d'emprunter quelques livres ?

– Mais naturellement, miss Weldon, répondit-il avec un large sourire. Quel genre d'ouvrages aimeriez-vous lire ?

– J'aimerais connaître l'histoire de cette demeure, dit Melissa. Jamais je n'avais imaginé tant de splendeurs.

– Je partage votre enthousiasme, miss Weldon, j'ai toujours éprouvé une profonde admiration pour notre palais, dit le conservateur. Venez ! je vais vous montrer où sont rangés les ouvrages sur le sujet qui vous intéresse. Vous les trouverez sur ces deux étagères. Vous pourrez les consulter quand il vous plaira.

– Merci beaucoup, dit Melissa. Je pense néanmoins qu'une étude approfondie peut demander des années de travail. Je ne resterai pas ici assez longtemps pour mener à bien une telle tâche!

– Papa me parlait souvent des passages secrets et des escaliers dérobés où il jouait quand il était petit garçon. Croyez-vous qu'il nous soit possible d'en connaître quelques-uns? demanda Cheryl.

– Bien sûr, mais il vous faudra demander l'autorisation de Sa Grâce, dit le conservateur. Aucun escalier ou passage secret ne peut être ouvert sans sa permission.

– Je comprends, dit Melissa. Ces passages abritent peut-être encore quelque hôte indésirable dont Sa Grâce elle-même ignore l'existence...

– Il y a bien longtemps que l'on n'y fait plus de telles rencontres, dit le conservateur, mais en lisant ces livres vous apprendrez que ces passages ont bien souvent permis aux catholiques d'échapper aux persécutions. Ils ont aussi, du temps de Cromwell, permis de sauver la vie de nombreux royalistes en leur offrant une cachette sûre.

– C'est prodigieux! s'écria Melissa.

– Vous verrez, miss Weldon, que le palais a été le théâtre d'événements bien surprenants, dit encore le conservateur.

Il lui indiqua un certain nombre d'ouvrages consacrés au sujet, et Melissa choisit quelques livres racontant l'histoire de la famille Byram et du palais. Elle déclara :

– J'emporte celui-ci, mais je reviendrai bien vite vous voir pour vous en emprunter un autre.

– Je serai ravi de vous conseiller, miss Weldon, dit le vieux monsieur.

En quittant la bibliothèque les deux jeunes filles continuèrent leur promenade et visitèrent successivement, la galerie des sculptures, l'orangerie et la chapelle, un des derniers vestiges de la forteresse originelle.

Finalement, fatiguées d'avoir tant marché, Cheryl et Melissa regagnèrent leurs chambres pour se reposer avant de descendre pour le dîner.

Leurs chambres donnaient sur les jardins et elles pouvaient contempler le parc luxuriant, ses multiples fontaines et ses statues, bordé d'une forêt qui s'étendait à perte de vue.

Elles étaient toutes deux un peu inquiètes et se demandaient ce que l'avenir leur réserverait; aussi appréciaient-elles qu'on leur ait attribué des chambres communicantes. Elles pouvaient tout à loisir bavarder et se rassurer mutuellement.

– Demain, nous visiterons les chambres d'apparat, dit Cheryl. Papa disait qu'il ne connaissait aucun autre château en Angleterre où l'on trouve encore de telles merveilles.

– Nous irons les voir, dit Melissa, mais pour l'instant, je crois qu'il vaut mieux que nous nous délassions.

Cheryl, frissonnante, demanda :

– Puis-je venir dans votre chambre, Melissa? J'ai peur, toute seule. Je n'arrête pas de penser à Charles, à mon oncle, et toutes les complications à venir m'effraient.

– Je suis sûre que tout se passera bien! affirma Melissa avec une assurance qu'elle était loin de ressentir.

– Oncle Sergius sera peut-être bien disposé après le dîner. Quel dommage que nous n'ayons rien à lui offrir. Un présent l'aurait peut-être mis de bonne humeur.

– Je ne pense pas que le duc soit sensible à ce genre d'arguments! assura Melissa.

Elle avait pris la décision de tout faire pour apaiser son amie, aussi s'efforça-t-elle, quand Cheryl fut installée près d'elle sur le grand lit, de détourner la conversation sur des sujets moins brûlants.

Après s'être changées pour le dîner, elles descendirent retrouver Sergius Byram qui les attendait dans l'un des grands salons du palais.

Melissa fut séduite une fois de plus par son faste. Les commodes françaises, le splendide tapis et les tables finement ouvragées l'enchantèrent.

Elle fut reconnaissante à sa mère de lui avoir donné le goût des belles choses et à lord Rudolph, qui lui avait appris à les reconnaître. Elle se souvenait de ces leçons partagées avec Cheryl qui, il faut bien le dire, était une élève bien peu attentive, alors qu'elle, était avide de tout connaître. Elle le revoyait en particulier en train de leur expliquer comment distinguer un meuble signé par Chippendale d'une imitation.

Malheureusement, elle était ce soir-là, bien trop préoccupée pour profiter pleinement de toutes les belles choses qui l'entouraient.

Puis, vint le moment de passer à table, dans la grande salle à manger. Le duc prit place au bout de la table et invita les jeunes filles à s'asseoir à ses côtés, Cheryl à sa droite et Melissa à sa gauche.

Le dîner fut délicieux. Les nombreux laquais avaient dressé le couvert selon les meilleures traditions. Tous les mets étaient servis dans des plats de vermeil frappés aux armes du duc. Pour la première fois de sa vie, Melissa mangea dans des assiettes en porcelaine de Sèvres.

Le dessert enchanta la jeune fille : il consistait en de très beaux fruits, pêches, muscat et fraises, qui poussaient tous dans les serres d'Alwick Palace.

Le duc avait peu parlé pendant le repas et les rares fois où il avait daigné leur adresser la parole, il l'avait fait sur un ton si condescendant que l'on aurait pu croire qu'il s'adressait à des enfants incapables d'apprécier sa conversation.

Melissa s'était faite aussi discrète que possible : elle avait l'impression d'assister à une représentation dans laquelle le duc jouait le rôle principal.

Cette pensée la fit sourire, et le duc l'interrogea soudain :

– Qu'est-ce qui vous fait sourire ainsi, miss Weldon ?

– Je suis heureuse, répondit Melissa, d'avoir été conviée à un dîner aussi théâtral.

Mais voyant le duc froncer les sourcils, elle ajouta bien vite :

– Il n'entrait pas dans mes intentions, Votre Grâce, de me montrer impertinente, mais ce dîner me fait irrésistiblement penser à une pièce de théâtre parfaitement réglée, jouée à la perfection par des acteurs connaissant leur texte sur le bout des doigts. Il ne manque que les applaudissements du public.

Le duc pinça les lèvres et dit :

– Je pense qu'il s'agit là d'un compliment, miss Weldon. Mais au théâtre tout n'est qu'illusion alors qu'ici tout est bien réel.

– A vos yeux peut-être, Votre Grâce. Mais aux yeux du monde extérieur, il pourrait bien paraître irréel.

– Le monde extérieur ne m'intéresse pas, miss Weldon. J'aime les choses parfaites et je fais toujours tout ce qu'il faut pour qu'elles le soient.

Le dîner terminé, Cheryl et Melissa retournèrent au salon.

– Croyez-vous, Melissa, que je doive lui parler tout de suite ? demanda Cheryl.

– Je n'en sais vraiment rien, répondit Melissa. Cela vaut peut-être mieux, en effet.

Cheryl devait se libérer de son angoisse. Mieux valait en finir au plus tôt.

Le duc, qui les avait laissées seules un moment, vint les rejoindre.

En le voyant s'avancer, Melissa ne put s'empêcher de l'admirer. Il était difficile d'imaginer homme plus élégant, même parmi les hôtes de Buckingham Palace ou de Carlton House. Elle se rendait compte, maintenant, que cet homme exigeait que tout soit parfait autour de lui, s'astreignant également à respecter lui-même ses propres exigences.

Elle avait la conviction que sa silhouette athlétique et sa démarche élégante étaient le fruit de pratiques sportives régulières et intensives. Elle avait en outre remarqué, au cours du dîner, qu'il mangeait peu et qu'il était d'une grande sobriété. Elle était persuadée qu'il veillait à conserver à son corps sa sveltesse et qu'il ne deviendrait jamais gras et obèse comme ces hommes qu'elle avait vus au mariage de son père.

Elle pensa, de plus, que c'était uniquement son expression cynique et dédaigneuse qui lui donnait l'air plus âgé qu'il ne l'était en réalité.

« J'aimerais bien le connaître mieux », songea soudain Melissa.

Le duc avait pris place dans un fauteuil, près de la cheminée où, bien que l'on soit en avril, brûlait un feu de bois qui embaumait la pièce.

– Que désirez-vous faire demain, Cheryl? demanda-t-il. Voulez-vous monter à cheval?

Cheryl prit une profonde inspiration avant de commencer :

– J'ai quelque chose à vous dire, oncle Sergius.

– De quoi s'agit-il?

– Je suis... fiancée, oncle Sergius. Mon fiancé doit être nommé capitaine la semaine prochaine et partir ensuite pour les Indes avec son régiment. Je souhaite l'épouser avant son départ et l'accompagner.

Le duc resta silencieux quelques secondes, puis demanda à sa nièce :

– Vos parents connaissaient-ils l'existence de ce fiancé ?

– Bien sûr! répondit Cheryl. Charles et moi sommes tombés amoureux l'un de l'autre quand j'avais quinze ans. Nous avons naturellement attendu tous les deux d'être plus âgés pour faire des projets plus précis. Mais j'ai maintenant dix-sept ans, oncle Sergius, et je suis sûre que papa et maman m'auraient laissée partir pour les Indes avec lui.

– En avez-vous la preuve?

– La preuve?

– Vos fiançailles ont-elles été annoncées dans *La Gazette?* Les bans ont-ils été publiés?

– Non, nous n'avions pas de raison de le faire avant la mort de papa et de maman puisqu'ils avaient donné leur consentement, répondit Cheryl. Et puis les lieutenants du IIIe régiment de hussards n'ont pas le droit de se marier. Mais maintenant qu'il est capitaine, Charles va pouvoir obtenir l'autorisation de son colonel.

– Et cette permission lui sera accordée?

– Oui.

Devant le silence de son oncle, Cheryl poursuivit :

– Charles a d'ailleurs demandé une permission pour venir vous voir. Il devrait être ici après-demain. Il vous expliquera tout cela et je vous en prie, oncle Sergius, accordez-nous votre consentement...

Le duc s'installa confortablement dans son fauteuil avant de déclarer :

– Vous n'avez que dix-sept ans, Cheryl, vous êtes bien trop jeune pour que je vous laisse vous marier maintenant. De plus je ne donnerai pas la main de ma nièce au premier coureur de dot venu.

– Charles n'est pas un coureur de dot! se récria Cheryl avec force.

– Est-il riche?

– Pas vraiment, répondit-elle, mais pour nous l'argent n'a pas grande importance.

– Les questions d'argent sont toujours importantes, surtout lorsqu'on est une jeune fille riche.

– Oncle Sergius... j'aime Charles.

– Votre père avait choisi de faire vivre sa famille dans un tel isolement que vous n'avez pas eu l'occasion de faire la connaissance d'autres jeunes gens et vous êtes tombée amoureuse du premier venu... Votre père n'a jamais songé aux conséquences de ses actes! Il vous avait peut-être donné son consentement, mais il n'y a aucune raison pour que j'en fasse autant. Or, je suis votre tuteur et vous êtes sous ma responsabilité.

Sa voix se durcit tandis qu'il poursuivait :

– Laissez-moi vous prévenir tout de suite, Cheryl, je ne suis pas disposé à vous laisser épouser qui que ce soit avant quelques années. En tout cas, je ne vous laisserai pas épouser n'importe qui, et sûrement pas un homme sans fortune personnelle.

– Charles n'est pas n'importe qui. Il m'aime, il m'a toujours aimée. Papa et maman étaient prêts à nous donner leur consentement. Ils le connaissaient bien, eux! s'exclama Cheryl.

– Vous aurez peut-être changé d'avis à son sujet, quand il reviendra des Indes, dans quatre ou cinq ans, suggéra le duc.

Cheryl s'emporta :

– Jamais, jamais je ne changerai d'avis... Nous nous aimons depuis notre première rencontre, nous sommes faits l'un pour l'autre et vous n'avez pas le droit de mettre en doute la sincérité de notre amour pas plus que celui de m'empêcher d'épouser l'homme que j'aime!

– J'ai tous les droits, Cheryl, moralement et légalement, répondit le duc. De plus, vous vous apercevrez très vite que votre fortune attirera bien des hommes qui seront prêts à jurer qu'ils vous aiment en ne songeant qu'à votre argent.

– Charles n'est pas et ne sera jamais un être intéressé, dit Cheryl en se levant. Comment pouvez-vous parler de lui de cette façon? C'est indigne! Il m'aimait bien avant la mort de papa et je n'étais pas riche alors! Je ne vous laisserai pas briser ma vie! Si vous ne m'accordez pas votre consentement, je m'enfuirai avec lui, tout comme papa et maman l'ont fait...

– Et moi, je vous affirme que vous n'en ferez rien, dit le duc d'une voix tranchante. Il suffit d'un scandale dans la famille. Vous ne commettrez pas la même bêtise que votre père. (Il regarda longuement sa nièce avant de poursuivre :) Je préfère également vous prévenir tout de suite, que je ne manquerai pas de dire à ce jeune homme, quand il viendra ici, ce que je pense de lui et qu'il repartira sans vous... Tant que je serai votre tuteur, aucun coureur de dot ne vous approchera.

Il fit une pause, puis reprit :

– De plus, je vous avertis aussi que si vous essayez de me tromper, je prendrai à votre égard des mesures radicales.

– Que voulez-vous dire par là? demanda Cheryl avec colère. Auriez-vous par hasard l'intention de me garder prisonnière dans quelque recoin de votre palais? Cela ferait un beau scandale, je vous préviens!

– Il n'en est pas question, Cheryl, répondit le duc, mais je ferai en sorte de vous donner pour compagne une personne, moins bien disposée à votre égard que miss Weldon, qui veillera à ce que vous ne puissiez correspondre avec ce jeune homme, à ce que vous ne lui donniez aucun rendez-vous secret et qui me tiendra au courant de tout ce que vous pourrez manigancer, y compris de votre fuite éventuelle.

Il poursuivit, après un silence :

– Je vous apprendrai à vous conduire comme une jeune fille bien élevée et vous ne vous marierez pas avant que je vous aie trouvé l'époux qui vous convienne.

Chacun de ces mots claqua comme un coup de fouet. Cheryl qui l'avait écouté, pétrifiée, éclata soudain :

– Vous ne pouvez pas me garder ici! Je trouverai le moyen de m'enfuir! J'épouserai Charles quoi qu'il arrive! Je vous hais! Je vous déteste! Je vous ai toujours détesté! Charles viendra me délivrer parce qu'il m'aime autant que je l'aime! D'ailleurs, qu'est-ce qu'un homme comme vous peut comprendre à l'amour?

Sa voix se brisa et, le visage ruisselant de larmes, elle sortit de la pièce en courant.

Melissa se leva et, regardant le duc qui demeurait imperturbable, elle lui jeta :

– Voilà des paroles bien cruelles, Votre Grâce, et bien inutiles.

Puis, sans prendre congé, elle tourna les talons et partit rejoindre Cheryl.

4

Cheryl pleura toute la nuit et son amie ne put la consoler. Quand elle sombra dans un sommeil agité, au petit matin, Melissa, épuisée, put enfin regagner sa chambre pour prendre un peu de repos.

Malheureusement Cheryl se réveilla deux heures plus tard, de nouveau en larmes, et elle essaya encore de la consoler.

– Allons, Cheryl, calmez-vous! Il ne faut pas vous mettre dans des états pareils. Vous vous faites du mal inutilement, lui dit-elle.

Cheryl ne répondit pas et enfouit son visage dans son oreiller, sanglotant de plus belle.

Melissa sonna la femme de chambre et lui demanda d'aller chercher la gouvernante, Mrs Meadows, qui était depuis de longues années au service du duc et de sa famille et dont elle avait déjà fait la connaissance.

– Que puis-je pour votre service, miss? demanda-t-elle en entrant dans la chambre de Melissa.

– Je pense, Mrs Meadows, qu'il serait bon de faire venir un médecin. Miss Cheryl a eu une crise de nerfs et son état n'ira qu'en s'aggravant si nous la laissons ainsi.

– Je suis désolée, miss, mais je ne peux pas faire venir le médecin sans l'autorisation de Sa Grâce.

Melissa allait laisser éclater son indignation quand Mrs Meadows reprit :

– Malheureusement, Sa Grâce a déjà quitté le palais et ne rentrera que dans l'après-midi.

Melissa parut si surprise que la gouvernante crut bon d'expliquer :

– Sa Grâce inaugure aujourd'hui le nouvel hôtel de ville de Melchester. C'est un grand jour. Le maire et tous les conseillers municipaux défileront dans la ville après la cérémonie.

Melissa se moquait bien de cette inauguration, seule comptait pour elle la santé de son amie.

– Néanmoins, si vous le permettez, miss, je pourrais peut-être préparer pour miss Cheryl, en attendant le retour de Sa Grâce, une tisane à base de tilleul qui la calmera.

Melissa connaissait les propriétés sédatives de cette plante et elle répondit :

– Pourquoi pas? Cela lui fera peut-être du bien. Il faut absolument qu'elle arrête de pleurer ainsi. Il faudrait aussi lui préparer quelque chose à manger. Elle n'a rien pris depuis hier, elle n'a même pas touché à son petit déjeuner.

– Je m'en occupe, miss. Je vais tout de suite lui apporter une tasse de tisane.

Mrs Meadows revint quelques instants plus tard avec une tasse contenant un liquide ambré ressemblant à du thé mais qui avait surtout le goût du miel avec lequel on l'avait sucré.

Melissa finit par persuader Cheryl d'avaler quelques gouttes de l'infusion. Puis, l'ayant trouvée à son goût, la jeune fille but toute la tasse. Ses larmes n'avaient pas, pour autant, cessé de couler.

– Elle va bientôt s'endormir, murmura Mrs Meadows.

Elle ferma les rideaux et se retira.

– Que... vais-je devenir, Melissa? demanda Cheryl d'une voix entrecoupée de sanglots. Il faut que je prévienne Charles, il faut qu'il sache ce qu'oncle Sergius a dit... sinon il viendra ici... pensant me voir... et se fera insulter!

Elle avait le visage raviné de larmes et faisait peine à voir.

– Charles est déjà si gêné que je sois plus riche que lui que si... oncle Sergius lui dit qu'il n'est qu'un coureur de dot... je suis sûre qu'il se sentira si affreusement humilié sous l'insulte que je ne le reverrai jamais.

Elle se jeta au cou de Melissa et la supplia :

– Vous devez parler à oncle Sergius, Melissa! Persuadez-le qu'il doit me laisser épouser Charles! J'en mourrai, Melissa... s'il part sans moi. Je vous le jure!

Elle pleurait toujours, mais Melissa avait l'impression que ses sanglots étaient moins violents.

– Je ferai tout ce qui est en mon pouvoir, Cheryl.

– Promettez-moi d'aller voir oncle Sergius!

– Je vous le promets, mais maintenant, vous devez dormir. Si Charles arrivait, il ne vous reconnaîtrait pas tant vos yeux sont gonflés.

– Je suis si laide que ça? demanda Cheryl.

– Non, mais vous n'êtes pas aussi jolie que d'habitude.

Ces paroles parurent faire de l'effet à la jeune fille qui se calma presque aussitôt. Melissa l'aida à s'installer confortablement sur ses oreillers, et s'asseyant à côté d'elle sur le lit, elle lui prit la main. Cheryl ferma les yeux. Sa respiration se fit plus régulière et plus profonde; elle s'était enfin endormie.

Melissa sortit de la chambre sur la pointe des pieds et trouva Mrs Meadows qui attendait dans le couloir.

– Je vous remercie, Mrs Meadows, votre tisane a été très efficace. J'espère que miss Cheryl va enfin pouvoir récupérer ses forces.

– Et vous, miss Weldon? Avez-vous réussi à dormir un peu cette nuit?

– Oui, merci, mais je suis inquiète pour miss Cheryl. J'aimerais voir Sa Grâce, dès son retour, si cela est possible bien sûr.

– Je vous ferai prévenir du retour de Sa Grâce, miss Weldon, dit la gouvernante. En attendant, si je puis me permettre de vous donner un conseil allez vous promener dans le parc : l'air vous fera du bien. Je vais laisser une femme de chambre auprès de miss Cheryl et je vous ferai prévenir dès qu'elle se réveillera.

– C'est très aimable à vous, répondit Melissa. Auparavant, j'aimerais voir les chambres d'apparat, pensez-vous que cela soit possible? Miss Cheryl devait me les faire visiter, mais je doute qu'elle le puisse aujourd'hui...

– Je me ferai un plaisir de vous les montrer, miss Weldon, répondit Mrs Meadows avec un grand sourire. Il y a bien longtemps que nous n'avons pas eu d'invités et cela me rappelle un peu le passé. Je me souviens que pour les vingt et un ans de Sa Grâce, il y avait plus de trois cents personnes, domestiques compris, qui logeaient au palais. Nous avons eu de bien belles fêtes, ici, miss! S'il ne tenait qu'à moi, tout recommencerait comme avant...

– Trois cents personnes? Je crois en effet qu'on peut appeler cela une bien jolie fête! dit Melissa en riant.

Tout en bavardant, elles parcoururent le long corridor qui reliait l'aile où logeaient les deux jeunes filles à la partie centrale du palais.

Au rez-de-chaussée, se trouvaient l'office, les cuisines et les autres pièces réservées au service, tandis que les étages supérieurs abritaient les pièces d'habitation et de réception. Au premier étage les différents salons et la salle de bal ouvraient sur un hall monumental. Les fameux appartements d'apparat que souhaitait visiter Melissa se situaient au deuxième étage. Le troisième, quant à lui, était réservé à des pièces plus intimes comme la nursery et la salle de classe. Melissa n'avait jamais rien vu d'aussi vaste.

Quand elle entra dans les appartements d'apparat, elle constata que lord Rudolph n'avait pas menti : ils étaient réellement magnifiques. Ils étaient divisés en suites dont la plus majestueuse était celle de la reine. Elle comprenait : la chambre de la reine, décorée tout spécialement pour Elisabeth Ire, avec son grand lit à baldaquin surmonté d'une couronne, un boudoir et des chambres pour les dames d'honneur.

Les autres appartements étaient moins impressionnants mais on y avait installé des lits gigantesques. Bien que de style et d'époque différents ils ressemblaient tous à de grands navires et Melissa songea qu'elle s'y sentirait complètement perdue.

Elles venaient de terminer leur visite et elles étaient presque arrivées à l'autre bout du palais, quand Mrs Meadows annonça :

– Je vais maintenant vous montrer la chambre qu'occupait la mère de Sa Grâce. Toutes les duchesses d'Alwick y ont dormi. C'est la plus belle pièce du palais.

Elle ouvrit la porte et traversa la chambre pour aller tirer les rideaux. Melissa put alors en apprécier toute la magnificence.

Tous les meubles étaient incrustés de sujets en argent représentant des petits amours, des cœurs et des couronnes, ornements caractéristiques, Melissa le savait, du style Charles II. Les murs étaient tendus de velours rose, décoré de motifs brodés à la main, et les grands miroirs, qui réfléchissaient la lumière, donnaient un éclat extraordinaire à l'ensemble. Au-dessus de la grande cheminée, figurait en bonne place, un portrait du duc. Le tableau avait été peint alors qu'il n'était encore qu'un jeune homme et le représentait debout, entouré de trois chiens couchés à ses pieds, avec le palais dans le lointain.

Melissa admira le tableau et se dit que le duc, en ce temps-là, était particulièrement séduisant. Ses traits étaient aisément reconnaissables, mais son expression, elle, le rendait très différent de ce qu'il était maintenant : son visage rayonnait de bonheur.

– Ce tableau a été peint juste avant le vingtième anniversaire de Sa Grâce, dit Mrs Meadows. Tout le monde en convenait, aucun autre gentleman ne pouvait avoir plus fière allure.

– Il semble respirer la joie de vivre, fit remarquer Melissa.

– C'est vrai... Sa Grâce était heureuse en ce temps-là. Elle riait tout le temps, plaisantait avec tout le monde et avait toujours un mot aimable pour les domestiques. Le palais tout entier résonnait de ses rires joyeux.

– Mais pourquoi a-t-il changé? Que s'est-il passé? demanda Melissa.

– Il ne m'appartient pas, miss Weldon, de vous parler de Sa Grâce, répondit Mrs Meadows.

Néanmoins, elle poursuivit, poussée par une force irrésistible :

– Aucun de nous, miss, ne sait en réalité, ce qui s'est passé. Sa Grâce devait épouser une ravissante jeune fille, lady Pauline, dont elle était éperdument amoureuse.

– Sa fiancée est morte? demanda doucement Melissa.

– Oh non! Rien de ce genre ne s'est produit; on nous a simplement dit que le mariage n'aurait pas lieu et Sa Grâce a quitté le palais.

– Mais il doit bien y avoir une raison à cette rupture? dit Melissa.

– C'est possible, mais nous n'avons jamais su le fin mot de l'histoire. Sa Grâce est revenue au bout de deux ans, complètement transformée. Toute sa joie de vivre s'était enfuie.

La gouvernante alla fermer les rideaux et ajouta :

– Je vais vous montrer maintenant la chambre de Sa Grâce, juste à côté de celle-ci.

Elles sortirent et Mrs Meadows ouvrit la porte.

– Cette chambre, miss Weldon, est la plus célèbre du palais.

– Pourquoi?

– Parce que c'est ici, ou plutôt dans une cachette secrète dont l'ouverture se trouve ici, que le prince Charles, poursuivi par les troupes de Cromwell, a trouvé refuge et c'est ainsi qu'il a pu rejoindre le parc en empruntant l'un des nombreux passages secrets de cette demeure.

– C'est vraiment passionnant! dit Melissa.

Elle regarda tout autour d'elle, cherchant à retrouver dans l'atmosphère de la pièce le souvenir de ces événements.

La chambre était vaste, éclairée par trois fenêtres, et ses murs aux lambris de chêne avaient cette douce patine que donne le temps. Le lit à colonnes était tendu d'une lourde soie cramoisie, brodée aux armes du duché d'Alwick. Les colonnes et le lourd baldaquin en bois doré sculpté semblaient défier les lois de la pesanteur. Les meubles, de style Jacques Ier, auxquels on avait ajouté de massives tables de marbre aux pieds dorés, donnaient à la chambre un caractère éminemment masculin.

Melissa songea que cette chambre, avec son lit immense, ressemblait à celui qui y vivait; elle lui paraissait presque plus grandiose que les appartements d'apparat.

– On dit également, expliqua Mrs Meadows, qu'il existe dans cette chambre un deuxième passage secret menant à une petite chapelle cachée dans les combles où les catholiques venaient entendre la messe au temps des persécutions. On raconte à ce propos que le prêtre qui célébrait la messe aurait été trahi par l'un des invités qui résidaient au palais et tué pendant l'office.

– Quelle horrible histoire! s'exclama Melissa.

– Si cette histoire vous intéresse, miss, interrogez Mr Farrow, le conservateur, il vous la racontera en détails et vous parlera des événements qui se sont déroulés ici, bien mieux que je ne saurais le faire.

– Je n'y manquerai pas, promit Melissa.

Elles terminèrent enfin la visite par deux chambres ravissantes bien qu'elles n'aient rien de comparable avec ce qu'elles avaient déjà vu.

La gouvernante accompagna Melissa jusqu'au grand escalier et lui conseilla avant de se retirer :

– Maintenant, miss, vous devriez aller prendre un peu l'air, cela vous ferait du bien. Et, si je peux me permettre encore un conseil, prenez ensuite un peu de repos.

– Je suivrai vos conseils, je vous le promets, Mrs Meadows.

Melissa se promena dans le parc et admira les magnifiques fontaines italiennes et leurs jeux d'eau. Un peu plus loin elle contempla quelques instants la cascade qui coulait entre des rives fleuries avant d'aller se jeter dans le lac.

Il y avait tant à voir, tant de recoins à explorer que Melissa y serait volontiers restée plus longtemps mais elle se sentait un peu coupable d'avoir abandonné Cheryl et elle décida de rentrer.

En entrant dans la chambre de son amie, Melissa se rendit compte qu'elle s'était inquiétée en vain, car la femme de chambre, qui veillait sur le sommeil de Cheryl, lui dit qu'elle était encore endormie.

Rassurée, Melissa alla s'étendre dans sa propre chambre, en espérant que cette sieste effacerait les séquelles de la nuit passée, mais il lui fut impossible de trouver le sommeil. Elle se sentait préoccupée et elle appréhendait l'entretien qu'elle devait avoir avec le duc. Elle ne savait pas comment lui présenter des arguments nouveaux qui l'incitent à changer d'avis.

A l'heure du déjeuner, elle prit son repas seule, servie par un maître d'hôtel et deux valets, dans un salon qui avait été réservé pour leur usage personnel.

Vers 3 heures, un laquais vint l'avertir que le duc était de retour. Elle sonna la femme de chambre pour lui demander de veiller à nouveau sur Cheryl.

Rassemblant tout son courage, elle descendit le grand escalier. Dans le hall, elle trouva six laquais et un maître d'hôtel auquel elle demanda de l'annoncer au duc.

– Si vous voulez bien me suivre, lui dit le majordome, je vais vous conduire jusqu'à Sa Grâce.

Il la guida, à travers le palais, par de longs corridors que Melissa reconnut pour les avoir déjà empruntés la veille. Elle se dit que, décidément, on prenait beaucoup d'exercice dans ce palais pour aller d'une pièce à l'autre. Reprenant son sérieux, elle s'aperçut qu'on ne la conduisait pas vers le salon où le duc les avait reçues à leur arrivée. Le majordome avait pris une direction opposée, et Melissa se trouva face à deux laquais qui montaient la garde devant une imposante porte en acajou.

Le majordome s'adressa à l'un d'eux qui lui répondit à voix basse. Il se tourna alors vers Melissa, et lui dit :

– Je crois, miss, que Sa Grâce est occupée. Je suis désolé de vous faire attendre. Si vous voulez bien patienter quelques instants dans l'antichambre, on vous préviendra dès que Sa Grâce sera libre.

– Je vous remercie, répondit Melissa, je ne suis pas pressée.

Le majordome lui ouvrit une porte et la fit entrer dans une pièce aux murs décorés de gravures équestres et de tableaux peints à des époques différentes mais représentant tous le palais.

Quand la porte fut refermée, Melissa examina les diverses peintures et put ainsi se rendre compte que le palais n'avait guère changé au cours des siècles. Elle remarqua également que certains tableaux, parmi les plus anciens, étaient d'une technique presque rudimentaire.

En s'approchant de la cheminée, elle passa devant une porte à travers laquelle lui parvinrent les bruits d'une conversation. Elle identifia parfaitement la voix du duc. Elle l'entendit déclarer :

– Je vous l'ai déjà dit, Gervais, je ne veux pas vous voir ici et je n'ai pas l'intention de continuer à payer vos dettes.

– Vous souhaitez sans doute me voir en prison? Cela fera un beau scandale, je préfère vous le dire tout de suite.

Il défiait le duc :

– Je m'en moque complètement, répondit celui-ci. Je vous avais déjà averti et vous avez dépassé les limites de l'acceptable. Ne comptez plus sur moi pour régler vos dettes de jeu et faire les frais de vos extravagances.

– Vous oubliez que je suis votre héritier!

– S'il y a une chose que je ne peux pas oublier, dit le duc d'une voix glaciale, c'est bien celle-là mais cela ne modifie en rien la décision que j'ai prise.

– Il est pourtant d'usage, dans les familles comme la nôtre, d'assurer un revenu confortable au futur héritier du titre.

– Depuis que, moi, j'ai hérité du titre, je vous ai versé des sommes assez considérables, que vous avez dilapidées d'une manière scandaleuse. Vous n'obtiendrez plus rien de moi! Sortez et que je ne vous revoie plus ici!

Après un silence, Gervais reprit :

– Je n'insisterai pas, puisque vous semblez inébranlable. Je pense néanmoins que vous savez qu'il me sera toujours possible d'emprunter de l'argent ailleurs, compte tenu de mes espérances d'héritage.

– Ces « espérances », comme vous les appelez, paraîtront bien aléatoires à vos créanciers. Je suis encore assez jeune et je n'ai aucune envie de quitter ce monde, ironisa le duc.

– C'est bien naturel et je souhaite que votre santé reste longtemps aussi florissante. Cependant, Dieu seul connaît le temps qu'il nous reste à vivre, conclut Gervais.

Melissa pensa que, malgré le ton enjoué sur lequel elles étaient prononcées, ces paroles renfermaient une menace.

Le duc devait avoir sonné le majordome, car Melissa l'entendit ordonner, négligeant les propos de son cousin :

– Mr Byram nous quitte, veuillez le raccompagner.

– Certainement, Votre Grâce! répondit le majordome.

Le bruit de la porte que l'on refermait, puis le silence qui suivit provoquèrent chez Melissa un léger sentiment de culpabilité : elle avait écouté aux portes.

Elle s'aperçut alors seulement que la porte de communication entre l'antichambre et le salon était entrebaîllée.

Cette découverte la remplit de crainte et elle espéra que le duc ne l'accuserait pas d'avoir, bien involontairement, écouté la conversation qu'il venait d'avoir, conversation strictement privée qui, évidemment, ne la regardait en rien.

Prise de panique à cette idée, elle s'écarta de la porte et alla se poster à la fenêtre. De là, elle put contempler le lac qui scintillait sous le soleil et, plus près d'elle, l'allée de graviers qui longeait la façade du palais pour permettre aux voitures de circuler.

Au-dessous d'elle, sur cette allée, stationnait un petit attelage noir et jaune qui ne pouvant appartenir qu'à Gervais Byram. Un laquais portant la livrée du duc d'Alwick tenait par la bride les deux alezans attelés à la voiture.

Les chevaux piaffaient, mais Gervais Byram restait invisible. Melissa, intriguée, ne quitta pas son poste d'observation jusqu'à ce que Gervais apparaisse, le chapeau incliné sur le côté, encore plus élégant qu'au Flying Fox.

Il monta dans la voiture et se saisit des rênes. Melissa pensa qu'il allait partir et que le laquais allait lâcher la bride des chevaux, mais rien ne se passa comme elle le prévoyait : le laquais et Gervais

Byram semblaient attendre une troisième personne.

Melissa s'interrogeait sur leur comportement quand elle vit un homme apparaître au coin du palais : il devait s'agir du valet de Gervais, qui avait dû aller faire un tour, pensant que son maître en aurait pour plus longtemps.

Quand il comprit ce qui se passait, il se mit à courir. Il était de petite taille et courait si vite que Melissa estima qu'il s'agissait d'un tout jeune homme. Gervais Byram donna un ordre et le laquais lâcha les chevaux qui se mirent en marche.

Le valet suivit les traces de la voiture et s'apprêtait à grimper à l'arrière quand il perdit son chapeau. Il le ramassa, puis se hâta de monter dans le véhicule. Cet incident permit à Melissa de constater que le valet n'était pas un adolescent, comme elle l'avait cru tout d'abord, mais un adulte car l'homme était chauve. Il remit son chapeau et la voiture passa le pont de pierre à vive allure avant de s'engager dans la longue avenue bordée d'arbres.

Melissa souhaita que l'entrevue avec Gervais Byram n'ait pas laissé le duc de trop mauvaise humeur. Elle attendait d'être introduite devant lui avec inquiétude.

Soudain, le majordome, qui paraissait s'être pressé, ouvrit la porte et annonça :

– Sa Grâce va vous recevoir, miss.

Melissa quitta la fenêtre, se dirigea vers la porte et le suivit jusqu'à l'imposante porte d'acajou.

Le majordome entra et annonça :

– Miss Weldon, Votre Grâce.

Le duc était assis dans un fauteuil et lisait le journal.

De toute évidence, il ne s'attendait pas à sa visite. Mais en la voyant s'approcher, il se leva.

Melissa avait l'impression que la pièce était si

grande que plusieurs dizaines de mètres les séparaient et qu'elle n'arriverait jamais jusqu'à lui.

Elle portait la robe de mousseline blanche à ceinture bleue qu'elle avait cousue elle-même. Ses cheveux blonds brillaient dans le soleil et son expression un peu craintive lui donnait un air juvénile.

– Puis-je vous parler, Votre Grâce? commença-t-elle doucement.

– Mais bien sûr, miss Weldon, répondit le duc. Asseyez-vous, je vous en prie.

Il lui désigna une chaise sur le bord de laquelle Melissa prit place en serrant nerveusement les mains.

Le duc semblait très à son aise. Il s'installa confortablement sur un siège en face d'elle et la fixa avec attention.

Melissa se dit qu'il était vraiment impressionnant et qu'il était difficile d'engager avec lui la conversation. Elle se lança :

– Cheryl a pleuré... toute la nuit. Je souhaitais d'ailleurs voir Votre Grâce ce matin pour la prier d'envoyer chercher un médecin. Vous étiez déjà sorti...

– Toutes ces crises de nerfs ne m'impressionnent pas, miss Weldon, répondit-il.

Melissa le regarda et ne sut quoi répondre.

Le silence se prolongea jusqu'à ce que le duc demande :

– Désirez-vous me parler d'autre chose?

– J'avais beaucoup de choses... à vous dire, répondit Melissa, mais... vous êtes si... intimidant que... je ne sais plus quoi dire.

Melissa put lire la surprise dans les yeux du duc, mais il reprit :

– Je vous croyais plus courageuse, miss Weldon.

– Je le pensais... aussi, répondit-elle, mais je vois que... je me suis trompée.

Elle fit une pause et poursuivit, d'une voix triste :

– J'ai toujours pensé que personne ne pourrait me faire peur, et pourtant aujourd'hui, j'ai une véritable peur physique de ma belle-mère et de... quelqu'un d'autre. Et je m'aperçois également que vous... m'effrayez au point de me faire perdre le fil de mes idées!

Une sorte de sourire apparut un instant sur les lèvres du duc. Il assura :

– J'en suis vraiment désolé, miss Weldon.

– Auriez-vous la bonté, Votre Grâce... d'écouter ce que j'ai à vous dire... jusqu'au bout... et sans vous mettre en colère?

– Dois-je comprendre, miss Weldon, que vos propos risquent de me déplaire?

– Je... le crains, Votre Grâce. Néanmoins je... dois vous parler.

Un léger sourire flotta de nouveau sur les lèvres du duc.

– Eh bien, si cela peut vous rassurer, je vous promets de vous écouter sans me mettre en colère.

– Merci, Votre Grâce, dit Melissa. Je vais essayer de... vous faire... comprendre mon point de vue.

– Je suis tout ouïe, miss Weldon.

– Je lisais, Votre Grâce, dans l'un des livres de votre bibliothèque, qu'un de vos ancêtres qui était président du tribunal du ban du roi, jouissait de la confiance et de l'admiration de tous, car il avait la réputation de ne jamais rendre son jugement avant d'avoir écouté tous les témoignages et il savait, en outre, se montrer clément dans ses sentences.

Il y eut quelques secondes de silence, puis le duc déclara :

– Insinueriez-vous que je n'écoute d'autre avis

que le mien et que, comme vous l'avez dit hier, je me conduis d'une manière injuste et cruelle envers les autres?

– C'est très... impertinent de ma part, répondit Mélissa, mais... c'est en effet... le fond de ma pensée.

– Je dois donc, si je vous comprends bien, écouter patiemment ce que vous avez à me dire pour la défense de Cheryl et éventuellement la laisser ruiner sa vie, alors qu'elle n'est même pas en âge de mesurer les conséquences de ses actes.

– Alors, d'après vous, il est stupide de tomber amoureux? demanda Melissa. J'ai toujours cru, pour ma part, que c'était quelque chose qui... survenait dans votre vie malgré vous et contre laquelle... vous ne pouviez... rien.

Voyant l'expression du duc, elle ajouta rapidement :

– C'est facile, en vérité, de se montrer cynique et de dire que Cheryl est trop jeune pour aimer ou même pour savoir ce que c'est d'aimer. Cela revient à dire que l'amour est réservé à certaines catégories d'individus et que cela dépend de leur âge?

– Je ne parlais pas de l'amour en général, dit le duc, mais très précisément du mariage de Cheryl.

– Vous avez l'intention, je suppose, de lui faire épouser, quand l'occasion s'en présentera, un homme dont la situation matérielle vous convienne? Comment pouvez-vous envisager de condamner Cheryl à une telle union, elle qui a toujours vécu au milieu d'êtres qui ont renoncé à tout au nom de l'amour et qui a été constamment entourée de tendresse et d'affection?

– Croyez-vous pour cette raison qu'elle soit différente de toutes les autres jeunes filles?

– Je le pense, en effet! D'ailleurs, je crois qu'aucune femme quelles que soient ses origines ne souhaite être considérée comme un objet et vendue au plus offrant, comme une marchandise.

– Ces mariages de raison donnent très souvent d'heureux résultats, répondit le duc : l'épouse est ainsi en sécurité, elle est protégée par le nom de son mari, elle occupe une position sociale conforme à son éducation et elle a ses enfants pour donner libre cours à ces démonstrations sentimentales que l'on appelle amour.

– Croyez-vous que cela suffise à faire le bonheur d'un être ? demanda Melissa. Croyez-vous réellement que Cheryl se contentera d'avoir un toit si prestigieux soit-il, un titre de noblesse et ses armoiries sur les portières de sa voiture ?

Sa voix devenait aussi cassante que celle du duc et l'ardeur de ce combat verbal faisait briller ses yeux.

– Les hommes pensent toujours que les femmes ne recherchent que le confort, qu'elles n'ont pas d'âme et qu'elles ne sont pas capables d'éprouver des sentiments authentiques, sauf peut-être de la gratitude envers celui qui leur procure, comme vous le dites si bien, un nom honorable.

Elle s'arrêta pour reprendre son souffle et poursuivit :

– Les femmes sont capables des mêmes passions que les hommes, et pourtant vous nous considérez toujours comme des pantins, comme des êtres insensibles, que l'on peut se repasser de main en main, comme des animaux dont il est facile de se débarrasser.

– Vous avez des arguments très convaincants, miss Weldon, répondit le duc dès qu'il put l'interrompre.

Melissa pensa soudain qu'il se moquait d'elle, mais il reprit :

– Néanmoins, je pense que le rôle d'épouse est le seul qui convienne à une femme.

– A la condition qu'elle puisse épouser l'homme qu'elle aime! s'exclama Melissa. A la condition que l'homme qu'elle épousera ne la considère pas comme une simple machine à faire des enfants!

Il y eut quelques secondes de silence, puis le duc déclara :

– Cheryl est jeune. Elle aimera de nouveau et probablement quelqu'un qui lui conviendra mieux.

– Comment pouvez-vous savoir que Charles Saunders n'est pas l'homme qui convient à Cheryl? Vous en avez tout simplement décidé ainsi parce qu'elle vous a dit qu'elle l'aimait... C'est injuste! Vous le traitez de coureur de dot uniquement parce qu'il est beaucoup moins riche que votre nièce et vous refusez de prendre en considération le fait qu'il l'aime depuis très longtemps. Il l'a attendue pendant des années, n'a pensé qu'à elle et a fait le compte de chacun des jours qui le séparaient de celui où elle pourrait enfin devenir sa femme.

Sa voix se fit plus forte tandis qu'elle poursuivait :

– Et voilà maintenant, que par un affreux caprice du destin, alors que ce jour était enfin venu, vous intervenez et décidez, pour des motifs futiles que ce mariage ne se fera pas. Les raisons que vous invoquez ne sont pas valables simplement parce que vous avez décrété que les femmes ne doivent pas tomber amoureuses et qu'un mariage dépend uniquement de la fortune du futur mari!

Melissa se montrait de plus en plus agressive et elle eut peur de s'attirer la colère du duc. Ce n'était pas de cette manière qu'il fallait plaider la cause de son amie. Aussi, continua-t-elle sur un ton soudain radouci :

– Je crois que je m'y prends... très mal. Ce n'est pas ainsi que je vous gagnerai à la cause de Cheryl. Je voulais me faire toute petite, vous supplier d'être compréhensif, et me voici en train de me battre pour des principes auxquels je crois mais qui ne vous convaincront pas.

– Comment pouvez-vous en être aussi sûre?

– Parce que votre raisonnement ne suit pas la même logique! Et puis, vous êtes tellement autoritaire, que... vous abusez de votre toute-puissance, de ce pouvoir que vous avez sur les membres de votre famille. Vous jouez à... être Dieu. C'est mal... je sais que c'est mal!

Le duc hocha la tête :

– Vous êtes une bien surprenante jeune femme, miss Weldon.

– Je ne parlais pas pour moi, répondit Melissa, mais si vous voulez connaître le fond de ma pensée, je vous dirai qu'il est non seulement affreux et dégradant pour une femme d'être forcée d'épouser un homme qu'elle n'aime pas et qui... peut-être... lui répugne physiquement.

L'expression de son visage avait changé et il y avait de la peur dans sa voix. Elle ne pensait plus à Cheryl, mais à Dan Thorpe, à sa belle-mère et ses menaces.

Melissa s'en rendit compte et reprit d'un ton plus calme :

– Je vous en prie, essayez d'admettre que Cheryl aime réellement Charles Saunders! Elle ressemble tant à son père : tout comme il aimait sa mère avec passion, elle aime cet homme sans être capable de dominer ses sentiments. L'âge importe peu, elle n'a que dix-sept ans mais je sais que même si elle en avait soixante-dix, elle éprouverait les mêmes sentiments vis-à-vis de Charles.

– Croyez-vous réellement que l'amour n'ait rien à voir avec l'âge? demanda le duc.

Melissa pensa qu'il se moquait d'elle.

– Dans votre famille on a toujours pensé que le père de Cheryl avait commis une erreur en s'enfuyant de l'école pour aller se marier alors qu'il n'avait que dix-sept ans... mais je crois que vous vous êtes tous trompés car je sais qu'il a été très heureux avec son épouse. Cheryl est comme lui et je pense que si vous l'empêchez de partir avec Charles, si vous tentez de les séparer l'un de l'autre pour toujours, vous lui briserez le cœur et vous la détruirez à jamais!

– Mon frère était-il donc si heureux avec cette femme qu'il avait épousée alors qu'il n'était qu'un tout jeune homme? demanda le duc.

– Comme mon père et ma mère, ils formaient un couple parfaitement heureux, répondit Melissa. Mais je pensais la nuit dernière que...

Elle s'arrêta au beau milieu de sa phrase et le duc insista :

– A quoi pensiez-vous?

– Vous trouverez peut-être cela... stupide mais on dit que le petit dieu Amour perce les cœurs de ceux qui s'aiment en oubliant... qu'une flèche possède une pointe acérée, qu'elle peut aussi faire mal...

Elle n'osait pas regarder le duc pour continuer :

– Rien n'est jamais parfait dans la vie, et même l'amour vous oblige parfois à faire des sacrifices ou des concessions. Lord Rudolph a épousé la femme qu'il aimait, mais il a dû pour cela vivre séparé de sa famille.

S'attendant à une intervention, elle s'interrompit, mais le duc restant silencieux elle reprit :

– Mon père et ma mère s'aimaient également beaucoup, mais comme maman avait épousé un homme qui avait mené une vie dissipée, sa famille lui coupa les vivres et ils vécurent dans une certaine pauvreté. Comme je vous le disais rien n'est jamais vraiment parfait. Je crois que même vous, duc d'Alwick, n'atteindrez pas cet état de grâce parfait auquel vous aspirez tant...

Il s'étonna :

– Je ne pense pas que vous puissiez me le reprocher!

– Non, nous avons tous en nous ce désir d'absolu mais je crois que c'est un leurre. Peuplée d'êtres parfaits, la terre deviendrait le paradis et nous n'aurions plus de raison de nous battre, plus aucune ambition.

– Votre ambition est-elle de faire céder le duc d'Alwick?

– Non, Votre Grâce, je ne fais que vous présenter une requête, le plus humblement possible et je souhaite de tout cœur que vous fassiez preuve de justice dans vos décisions.

Un silence lourd s'établit entre le duc et Melissa, puis il déclara:

– Vous m'avez exposé la situation, miss Weldon, sous un jour que je n'avais pas envisagé.

– Envisagez-vous donc de la reconsidérer? demanda Melissa.

– Il me serait difficile de faire autrement... Mais je demeure convaincu qu'il serait imprudent de laisser ma nièce partir pour les Indes, dans quelques semaines, avec un homme qui est un parfait inconnu pour moi et qui, de plus, ne correspond en rien au prétendant que je souhaitais pour elle, conclut le duc.

Melissa reprit la parole.

– Pourquoi toujours parler d'argent! Cheryl est riche, Charles l'est moins, c'est un fait. Pourquoi ne pas le mettre à l'épreuve? Pourquoi ne pas décider que la fortune de Cheryl restera en votre possession jusqu'à ce qu'il ait fait preuve de désintéressement? Quinze ans de vie commune, cela vous suffirait-il pour commencer?

La colère enflait de nouveau sa voix.

Melissa se hâta d'ajouter:

– Je vous prie de m'excuser, Votre Grâce! Je n'aurais pas dû dire cela... mais cette idée fixe à propos de la dot de Cheryl me paraît absurde en ce qui concerne Charles. Je le connais bien, il aime Cheryl de toute son âme! Il l'aimerait même si elle n'était que servante de ferme. En fait, cette différence de situation l'a toujours embarrassé et il a toujours regretté de ne pas être plus fortuné qu'elle... Quant à Cheryl, elle l'aime... malgré sa fortune personnelle! Mais vous ne le croyez pas, n'est-ce pas?

Elle prit une profonde inspiration avant de demander :

– Avez-vous déjà été amoureux?

Pendant un instant le duc resta muet de stupeur. Melissa crut qu'il refusait de répondre. Pourtant, il dit :

– Oui, il y a bien longtemps! J'ai appris alors la signification exacte de ce mot ridicule, auquel on attache tant d'importance. L'amour n'est qu'un désir physique passager pour une personne du sexe opposé, dont la sublimation n'existe que dans l'imagination des écrivains et des artistes.

– Je ne pense pas que vous ayez été aussi désabusé à cette époque. Le bonheur n'existe pas sans l'amour.

Comme le duc la regardait, Melissa poursuivit :

– Vous dites que vous avez été amoureux, puis que vous avez perdu toutes vos illusions. Mais êtes-vous plus heureux, maintenant? Vous avez tout ce que l'on peut désirer posséder... un palais... un titre... la fortune... une fortune impossible à évaluer. Malgré cela, au fond de vous-même... en votre âme et conscience... pourriez-vous jurer sur ce que vous avez de plus sacré que vous êtes heureux?... Réellement heureux, comme à l'époque où vous aimiez ou étiez aimé?

Elle crut que le duc allait lui répondre d'une phrase définitive, une de ces phrases humiliantes dont il avait le secret, pour la punir de son outrecuidance.

Il se contenta d'interroger :

– Qu'est-ce qui vous permet de penser, miss Weldon, que je ne suis pas heureux?

– Le fait que vous n'en ayez jamais l'air, votre comportement cynique, votre attitude indifférente... Je ne devrais pas vous parler de cette façon, mais j'essaie simplement de vous montrer que certains aspects de la vie vous échappent.

– Il me semble, miss Weldon, vous avoir entendue dire que vous étiez lâche?

Elle expliqua :

– Si j'ai peur que vous vous mettiez en colère après ce que je viens de dire, je n'ai pas peur pour moi... mais pour Cheryl... car après tout, moi je ne risque pas d'être mise à la porte!

Comme le duc ne réagissait pas, Melissa se leva en ajoutant :

– J'en ai peut-être trop dit... Je vous assure que je n'avais pas l'intention de me conduire de manière insolente. J'espère que ma franchise n'aura pas porté préjudice à Cheryl et que vous voudrez bien me pardonner mon impertinence?

– Ne m'avez-vous pas demandé de réviser mon jugement à propos de ce mariage? fit remarquer le duc.

– Y réfléchirez-vous sans... idées préconçues?

Elle se leva et tourna son regard vers lui.

– Vous pourrez dire à ma nièce, miss Weldon, fit-il avec lenteur, que j'accepte de rencontrer ce jeune homme. J'examinerai ensuite la situation d'un point de vue objectif et je tiendrai compte de vos arguments.

– C'est vrai? dit Melissa. C'est bien vrai, vous le ferez réellement?

– Je fais toujours ce que je dis, trancha le duc. Mais je n'ai rien promis en ce qui concerne le mariage... Je veux simplement connaître ce jeune homme qui a la chance d'avoir trouvé un défenseur aussi habile!

– Oh merci! s'écria Melissa. Merci beaucoup!

Elle hésita, puis acheva :

– Pourrez-vous... me pardonner... mon emportement?

– C'est pour moi une expérience nouvelle.

Melissa le regarda attentivement car elle n'était pas tout à fait sûre d'avoir bien saisi le sens de ces paroles. C'est alors qu'il ajouta :

– Je conseillerai à ma nièce de ne jamais se séparer d'un défenseur aussi ardent, car en tant que président du tribunal, je suis impressionné par une telle plaidoirie.

Melissa fut consciente de l'ironie contenue dans sa remarque.

– Puis-je me permettre de dire à Cheryl que nous dînerons ce soir avec Votre Grâce?

– Je vais donner des ordres en ce sens.

Melissa s'inclina en une profonde révérence et se rendit compte en se relevant, qu'il la regardait avec attention. Elle sortit et courut sans reprendre haleine jusqu'à la chambre de Cheryl.

La jeune fille, apaisée par les résultats de la démarche de Melissa, descendit donc pour le dîner. Ses yeux étaient encore légèrement gonflés, mais un pâle sourire éclairait son visage.

Le duc semblait avoir décidé de se montrer gentil avec sa nièce. Il évita soigneusement de faire la moindre allusion à Charles ou aux événements de la nuit passée. Il parla de la cérémonie d'inauguration de l'hôtel de ville et de tout ce qu'il souhaitait montrer à Cheryl, dans le domaine.

– Il y a eu de grandes améliorations, expliqua-t-il, par rapport à ce qui existait du temps de mon père. Il n'avait jamais voulu prendre d'initiatives et il dirigeait le domaine comme on le faisait il y a des siècles. Je veux, moi, vivre avec mon temps. Je veux renouveler les méthodes d'agriculture et acheter de nouvelles machines. J'ai envie d'étendre le village, de faire construire de nouveaux cottages et de moderniser ceux qui existent déjà.

Melissa voyait que Cheryl n'écoutait pas son oncle; elle ne pensait qu'à Charles et elle n'arrivait pas à suivre ses explications. Il était important, toutefois, de faire en sorte que le duc reste dans ces bonnes dispositions, aussi Melissa prit-elle une part active à la conversation, contrairement au soir précédent. Elle posa de nombreuses questions et s'intéressa aux diverses entreprises du duc. Elle l'interrogea également sur le palais. Il lui répondit volontiers et alla même jusqu'à lui raconter en détail comment le prince Charles avait échappé aux troupes de Cromwell.

Les soldats de Cromwell, qui s'étaient lancés à sa poursuite dans le grand escalier, avaient soudain perdu sa trace. Le prince semblait s'être volatilisé; il s'était, en fait, caché dans un passage secret d'où il ne sortit, avec mille précautions, qu'à la nuit tombée pour aller se réfugier dans le parc.

Après le dîner, les deux jeunes filles ne restèrent que quelques instants en compagnie du duc, car elles tombaient de sommeil. Cheryl était épuisée par toutes les larmes qu'elle avait versées et Melissa, qui n'avait dormi que quelques heures la nuit précédente, sentait ses paupières se fermer malgré ses efforts pour demeurer attentive.

– Je crois que vous feriez bien d'aller vous coucher, mesdemoiselles, proposa le duc, il n'y a rien de plus épuisant que les émotions.

Il affichait toujours un certain cynisme, mais il y avait de la gentillesse dans sa voix et il ne semblait pas vouloir se moquer d'elles.

Cheryl fit la révérence.

– Je vous remercie, oncle Sergius, d'avoir accepté

de parler avec Charles. Je pense qu'il sera là demain, déclara-t-elle. Nous recevrons peut-être une lettre ou un message dans la matinée annonçant son arrivée.

Melissa salua le duc à son tour. Elle posa la main sur son bras et :

– Merci, merci du fond du cœur!

Tout en parlant, elle avait regardé le duc. Ses yeux, fixés sur elle, avaient une bien étrange expression dont le sens lui échappait. Elle avait l'impression qu'il cherchait à lire au fond d'elle-même, mais elle ne comprenait pas ce qu'il espérait découvrir. Elle se dit alors qu'elle avait trop d'imagination et que le duc était fidèle à lui-même.

Quand elles eurent regagné leurs chambres, les deux amies se dirent bonsoir, et cette fois, il n'y eut ni larmes ni projets de fuite, comme la nuit précédente et Melissa ne fut pas obligée de retenir presque de force son amie au palais.

Cheryl était persuadée que Charles saurait convaincre son oncle, qu'ils pourraient se marier et partir ensemble pour les Indes.

Melissa ne partageait pas entièrement ce bel optimisme, mais elle était heureuse de voir que son amie avait retrouvé le sourire. Ainsi rassurée, elle l'embrassa et alla se coucher.

Elle avait demandé à la femme de chambre de ne pas l'attendre, et elle se déshabilla seule, avant de se glisser avec plaisir dans les draps soyeux. Elle était si fatiguée, qu'à peine la tête posée sur l'oreiller, elle s'endormit.

Elle dormait depuis quelques heures, quand, soudain, un bruit la réveilla en sursaut. Elle pensa que c'était Cheryl qui venait de l'appeler.

Elle alluma la chandelle qui se trouvait sur la table de nuit, se leva et passa un peignoir de mousseline blanche qu'elle avait confectionné elle-même. En ouvrant la porte de communication pour aller dans la chambre de Cheryl, elle s'aperçut, à sa grande surprise, que son amie était profondément endormie!

« J'ai dû rêver », se dit-elle. Elle referma doucement la porte et retourna se coucher.

Elle s'apprêtait à se remettre au lit mais l'atmosphère de la pièce lui sembla étouffante. Elle se rappela qu'elle avait négligé d'ouvrir la fenêtre avant de se coucher, tant elle était fatiguée; elle avait pourtant l'habitude chez elle, de dormir avec la fenêtre ouverte par tous les temps. Elle alla tirer les rideaux et en ouvrit largement l'un des battants.

Elle fut, à cet instant, saisie par la beauté du spectacle qui s'offrait à ses yeux. La nuit était limpide, étoilée, et la lune brillait haut dans le ciel. Sous cette clarté, le jardin paraissait presque irréel : la blancheur des fleurs de seringas contrastait avec la teinte sombre des ifs; les fontaines ne faisaient plus entendre leur doux bruit mais l'eau brillait d'un éclat argenté.

Tout à coup, il lui sembla que quelque chose bougeait sous sa fenêtre et elle se pencha pour mieux voir. Elle pensa qu'il devait s'agir d'un animal et se demanda si un cerf ne s'était pas introduit dans le parc. Elle connaissait les dommages qu'il pouvait causer aux fleurs et aux pelouses. En regardant mieux, elle vit qu'il ne s'agissait pas d'un cerf, mais de deux hommes.

Surprise, Melissa les observa. Elle comprenait, maintenant, pourquoi elle avait pris ces hommes pour des animaux; ils avançaient en se dissimulant le plus possible derrière les massifs et les buissons. Ils rampèrent jusqu'au palais. Ils traversèrent la terrasse et, en se collant au mur, ils examinèrent les étages.

Elle songea un bref instant que le feu avait

peut-être pris dans les étages et qu'ils tentaient de sauver quelqu'un. Elle se pencha davantage pour mieux voir la façade du palais, puis son propre étage.

En réfléchissant à la situation, elle se demanda ce que ces deux hommes pouvaient bien comploter; à côté de sa propre chambre, il y avait celle de Cheryl; les autres chambres qui les séparaient des appartements d'apparat étaient inoccupées. Melissa comprit soudain que les deux hommes s'efforçaient de repérer l'emplacement de celle du duc.

Elle scruta de nouveau la terrasse, mais les hommes n'y étaient plus : l'un d'entre eux montait déjà le long de la façade.

C'est alors qu'une pensée lui traversa l'esprit. En évoquant le serviteur chauve de Gervais Byram, elle fit le rapprochement avec l'homme qui, au Flying Fox, cherchait un réparateur de cloches...

5

Melissa ouvrit la porte de sa chambre et se mit à courir dans le couloir.

Elle songea que Gervais Byram avait dû mettre au point cette agression nocturne durant sa visite au palais, la veille. Elle se souvenait de la disparition du valet chauve, qu'il avait attendu si longtemps. Elle se rappelait également que le petit homme avait demandé à son interlocuteur, aux cheveux blancs et aux sourcils noirs, le soir, au Flying Fox, un réparateur de cloches. Tous ces petits faits, mis les uns à côté des autres, constituaient, en réalité, les préparatifs d'un attentat contre le duc.

Elle comprenait maintenant l'allusion sarcastique

de Gervais Byram concernant le destin des hommes et le temps qu'il leur restait à vivre. Elle se dit également qu'en prononçant ces paroles, il entendait lui-même régler cette question et faire assassiner le duc au plus tôt.

Cette pensée affolait Melissa. Elle courait à perdre haleine, son peignoir flottant dans l'air comme une grande cape.

Le corridor était sombre, éclairé seulement par quelques chandelles, placées çà et là. Elle vit néanmoins qu'elle venait de passer les appartements d'apparat et qu'elle approchait de la chambre du duc. Cependant, elle se demandait avec angoisse si elle parviendrait à la situer exactement parmi toutes les autres! Soudain, elle reconnut la porte menant à la chambre de la duchesse : la chambre du duc était donc juste à côté.

Devant la porte, elle jugea qu'elle n'avait matériellement pas le temps d'appeler un domestique ou le veilleur de nuit qui devait faire sa ronde, pas même celui de frapper!

L'idée que le grimpeur puisse être déjà arrivé lui fit ouvrir la porte sans plus de cérémonie.

Une certaine obscurité régnait dans la pièce, mais le duc ayant laissé les rideaux ouverts devant l'une des fenêtres, Melissa put distinguer sans trop de difficultés le grand lit à colonnes.

Sans plus réfléchir, elle traversa la chambre en se déplaçant sans bruit sur l'épais tapis, et se trouva près du lit.

Elle était si essoufflée par sa course qu'elle ne put émettre un son pendant quelques secondes. Enfin, elle parvint à murmurer :

– Votre... Grâce!

N'obtenant aucune réponse, elle réalisa que le duc n'avait pas pu l'entendre tant sa voix était faible. Elle se pencha alors au-dessus du lit et tâtonna pour trouver son épaule; elle murmura de nouveau :

– Votre Grâce!

Le duc, sentant la main de Melissa posée sur lui, se réveilla.

– Qu'y a-t-il? demanda-t-il.

– Chut! répondit Melissa tout bas. Il y a un homme qui escalade la façade du palais. Je crois qu'il en veut à votre vie.

Le duc se dressa et son visage fut tout près de celui de la jeune fille... Il se glissa de l'autre côté du lit, se leva rapidement et passa la robe de chambre en soie qui était restée sur une chaise dans la chambre.

La pièce s'obscurcit soudain, alors qu'il nouait sa ceinture. Melissa sursauta en comprenant que l'agresseur avait atteint la fenêtre.

Sa silhouette lui parut immense... S'aidant des mains, il enjamba la balustrade et entra dans la chambre.

Il était impossible de distinguer son visage dans la pénombre, mais son allure était menaçante.

Paralysée de terreur, Melissa laissa agir le duc : il se précipita vers l'homme avec une telle rapidité que celui-ci ne put rien faire pour l'éviter. Son poing jaillit dans l'obscurité et le coup porté avec vigueur et précision atteignit l'adversaire en plein estomac. Il émit un son qui évoquait le cri d'un animal blessé, puis, perdant l'équilibre sous la violence du choc, il tomba à la renverse et bascula dans le vide.

Il y eut un autre cri, affreux, puis ce fut le silence.

Le duc s'écarta de la fenêtre et revint vers la table de nuit allumer la chandelle.

Il considéra Melissa qui se tenait de l'autre côté du grand lit, les mains jointes sur sa poitrine comme si elle voulait apaiser les battements de son cœur. Il lui conseilla doucement :

– Allez-vous-en, maintenant. Personne ne doit savoir que vous êtes venue me prévenir.

– Est-il... mort? demanda Melissa d'une voix tremblante.

– C'est plus que probable, répondit-il. Il est tombé d'une bonne hauteur!

Le ton sur lequel il prononça ces paroles dénotait une parfaite indifférence à ce qui venait de se passer. Melissa poussa un profond soupir et se dirigea vers la porte. Cette action lui demanda un effort presque surhumain. La silhouette du duc se dressa soudain devant elle, avant qu'elle ait eu le temps de sortir.

Elle songea une fois encore qu'il était très imposant, même vêtu de cette robe de chambre; elle chercha à lire ses pensées sur son visage mais la faible lueur de la bougie ne lui permettait pas de le distinguer clairement.

– Merci, lui dit-il à voix basse. Et rappelez-vous, surtout, vous ne savez rien de ce qui s'est passé, ici, cette nuit.

– Je... m'en... souviendrai, répondit Melissa.

Elle sortit et entendit le bruit de la porte qui se refermait derrière elle. Elle se mit alors à courir, aussi vite qu'elle le pouvait, vers sa chambre.

Elle se précipita vers la fenêtre et scruta le jardin. La lune était cachée par un nuage et il faisait plus sombre. Melissa, cependant, crut voir, sur la terrasse, une forme qui gisait sous la fenêtre du duc. Le deuxième homme semblait avoir disparu dans la nuit.

Résolument elle tira les rideaux et se coucha. C'était ce que le duc attendait d'elle et elle était certaine qu'il avait agi dans son intérêt en lui recommandant de regagner sa chambre et de feindre d'ignorer les événements de la nuit.

Il lui aurait été difficile, en effet, d'expliquer ce qu'elle faisait à sa fenêtre au beau milieu de la nuit et les raisons qui l'avaient empêchée, quand elle avait vu les deux hommes regarder en direction de la chambre du duc, d'aller chercher de l'aide et d'appeler le veilleur de nuit.

Elle se demanda si le duc s'était, lui aussi, recouché. C'était fort probable. Elle aurait surtout voulu savoir si le deuxième homme allait venir prendre le corps de son complice, pour effacer ainsi toute trace compromettante pour Gervais Byram...

Malgré toutes les pensées qui l'agitaient, Melissa trouva facilement le sommeil et ne se réveilla qu'au matin, quand la femme de chambre vint ouvrir les rideaux.

Assise dans son lit, elle mourait d'envie de l'interroger mais craignait d'attirer ses soupçons. Heureusement, cette dernière était très bavarde et vint à son secours. Très excitée elle lui raconta :

– Savez-vous, miss, qu'un voleur a essayé de s'introduire dans la chambre de Sa Grâce cette nuit?

– Un voleur? s'exclama Melissa.

– Oui, miss. Il a dû escalader la façade jusqu'à la chambre de Sa Grâce; le majordome a même dit qu'il devait bien connaître les lieux.

– Mais que s'est-il passé?

– Il a sûrement perdu pied, miss, parce qu'on l'a retrouvé mort, ce matin, sur la terrasse. Heureusement, il n'avait rien volé.

– C'est heureux, en effet! déclara Melissa.

– Il avait aussi sur lui, un long couteau. C'est effrayant! Le majordome a dit qu'il voulait sûrement s'en servir pour ouvrir la fenêtre, mais moi, je n'ai pas pu m'empêcher de penser à ce qui aurait pu arriver s'il avait rencontré quelqu'un et qu'il se soit battu! Il aurait pu y avoir des blessés.

– Sûrement! répondit Melissa.

La femme de chambre sortit enfin, pour aller raconter l'histoire à Cheryl.

Melissa pensa que l'assassinat imaginé par Gervais Byram était très adroit. Son valet avait engagé, par l'entremise d'un homme à la mine patibulaire, un réparateur de cloches qui devait s'introduire dans la chambre du duc, le tuer, puis voler quelques objets de valeur. Si ce plan avait réussi, l'homme aurait disparu dans la nature, Gervais serait devenu duc d'Alwick, et personne n'aurait songé à faire le rapprochement entre le crime et le fait qu'il hérite.

Elle avait également la certitude que Gervais possédait un solide alibi et qu'à l'heure de l'agression il se trouvait bien loin du palais. Il était déjà bien suffisant que son valet soit impliqué dans l'affaire. De plus, qui pourrait soupçonner Gervais, même endetté, d'être l'instigateur d'un meurtre?

Cheryl écouta avec intérêt la femme de chambre lui faire le récit du drame et parut heureuse d'apprendre que l'homme était tombé et qu'il n'y avait pas de blessés. Mais quand la femme de chambre eut quitté la pièce, elle regarda Melissa et déclara :

– Si cet homme avait assassiné oncle Sergius, il n'y aurait plus eu personne pour m'empêcher d'épouser Charles.

– Cheryl! Comment pouvez-vous dire de telles horreurs? J'espère que vous ne souhaitez pas réellement à votre oncle une mort aussi affreuse!

Cheryl sourit malicieusement et dit :

– Je n'irai pas jusqu'à l'assassiner, mais vous devez reconnaître, Melissa, que cette tragédie aurait singulièrement arrangé mes affaires personnelles.

Melissa se demanda alors quelle aurait été la réaction de Cheryl si elle avait appris que c'était grâce à son intervention que le duc était encore en vie...

Elle en vint ensuite à imaginer ce qui aurait pu se passer, si elle n'avait pas regardé ce soir-là par la fenêtre et si elle ne s'était pas aperçue que l'individu qui cherchait un réparateur de cloches et le valet de Gervais Byram n'étaient qu'un seul et même homme... Tous ces événements, qui lui avaient permis de sauver la vie du duc, lui apparaissaient comme un enchaînement de circonstances étranges.

Elle frémissait également à l'idée que le duc aurait pu trouver la mort dans ces conditions. Malgré son caractère autoritaire, son comportement distant, il avait trop de personnalité pour mourir ainsi, tué dans son sommeil, d'un coup de couteau, par un vulgaire voleur.

Elle préférait l'imaginer succombant avec bravoure sur un champ de bataille, ou bien s'éteignant avec dignité, à un âge avancé, avant de rejoindre dans la chapelle le caveau de ses ancêtres, mais sûrement pas victime des manigances d'un bon à rien comme Gervais Byram.

Et voilà qu'à cause des remarques de Cheryl, elle éprouvait un certain sentiment de culpabilité en se demandant si, en sauvant la vie du duc, elle n'avait pas compromis les chances de bonheur de son amie...

Les deux jeunes filles finirent de se préparer et descendirent. Comme le duc restait invisible, elles décidèrent d'aller visiter les serres qui contenaient des plantes exotiques aussi belles que celles que possédait le régent dans sa serre de Carlton House.

Melissa fut enchantée de sa visite. Les serres réservées à la culture des fruits, pêches et raisins, étaient intéressantes, mais le spectacle qu'offraient celles où l'on cultivait les fleurs était absolument prodigieux.

Elle n'aurait jamais imaginé que les œillets pussent avoir autant de nuances différentes. Elle admira aussi les lys, les camélias, les gardenias et les orchidées. Le jardinier en chef leur apprit que le duc s'occupait lui-même de ces fleurs.

– Le duc, leur apprit-il, s'intéresse tout particulièrement aux orchidées. Je me souviens que lorsqu'il y avait des réceptions, ce qui n'arrive plus guère de nos jours, il exigeait toujours que la table soit décorée avec des orchidées.

– J'adore les orchidées blanches, dit Cheryl. J'aimerais bien que mon bouquet de mariée soit fait d'orchidées.

Elle regarda Melissa et toutes deux eurent la même pensée.

– J'espère, miss, que ce jour-là je pourrai vous faire le plus joli bouquet d'orchidées qu'une mariée ait jamais eu, lui dit le jardinier en chef.

– Je vous remercie! lui répondit Cheryl.

En sortant de la serre elle murmura :

– Rentrons, Melissa, je sais que le courrier arrive au palais un peu avant midi et j'aimerais bien savoir s'il y a une lettre de Charles.

Elles traversèrent les pelouses, puis rentrèrent au palais par une porte donnant sur le jardin. Un valet les attendait et dit à Cheryl :

– Je vous prie de m'excuser, miss, mais Sa Grâce désire vous voir tout de suite dans son salon particulier.

– Indiquez-nous le chemin, je vous prie, dit Cheryl.

– Ne pensez-vous pas, Cheryl, que vous devriez y aller seule? demanda Melissa à voix basse.

– Sûrement pas, répondit Cheryl. Il faut que vous veniez avec moi. J'ai si peur d'oncle Sergius! Et puis, qui sait? Il va peut-être me dire des choses désagréables.

Melissa espérait qu'il n'en serait rien, mais elle se dit qu'avec le duc, on ne savait jamais vraiment à quoi s'en tenir. Cependant, tout en parcourant de nouveaux couloirs, elle songea qu'elle avait mérité sa reconnaissance et que, de ce fait, il ne se montrerait peut-être pas trop sévère avec sa nièce.

Ils arrivèrent devant la porte d'acajou du salon où Melissa et le duc avaient eu une discussion si mouvementée la veille. Comme elle était ouverte, elles entrèrent et virent que le duc n'était pas seul. Cheryl s'arrêta et poussant un cri de joie, se précipita :

– Charles! Charles! s'écria-t-elle. Je suis si heureuse de vous voir enfin.

Elle alla se blottir contre lui et il la prit tendrement dans ses bras. Il regarda alors le duc et lui adressa un sourire de petit garçon pris en faute.

Melissa s'avança lentement et regarda les deux hommes, l'un après l'autre, avec une certaine appréhension.

Que s'étaient-ils dit? Le duc avait-il accepté d'écouter Charles, comme il le lui avait promis?

– Avez-vous parlé à oncle Sergius, Charles? demanda Cheryl avec une certaine impatience. Lui avez-vous expliqué notre situation? Il avait promis de vous écouter, mais j'ai bien peur qu'il ne puisse pas comprendre combien nous nous aimons.

– Je vous assure que le capitaine Saunders s'est montré fort persuasif, répondit le duc.

Cheryl sembla seulement s'apercevoir de la présence de son oncle, et elle lui demanda :

– Vous a-t-il convaincu, oncle Sergius, qu'il fallait que vous nous donniez votre consentement? Je ne supporterais pas de le voir partir sans moi aux Indes...

Melissa eut tout à coup l'impression qu'ils allaient vivre un moment important.

– Je vous assure, Cheryl, que j'ai écouté avec la plus grande attention tous les arguments du capitaine Saunders. Ils n'étaient pas, toutefois, aussi convaincants que ceux de miss Weldon. J'y ai néanmoins prêté une attention bienveillante.

Le duc avait regardé Melissa en disant ces mots et elle sentit son visage s'empourprer.

– Puis-je... vous parler... vous dire ce que je ressens... oncle Sergius? demanda Cheryl.

– Votre fiancé vient d'arriver, Cheryl, et j'imagine que vous avez envie de rester seule avec lui? répondit le duc.

Pendant quelques secondes, Cheryl ne parut pas consciente de la signification des paroles du duc et de l'importance de cette déclaration. Mais Charles en comprit tout le sens et son visage s'éclaira.

– Vous ai-je bien compris, Votre Grâce?

– Comme je vous l'ai déjà dit, capitaine Saunders, vous vous êtes montré très éloquent et suffisamment convaincant.

– Vous voulez dire, demanda Cheryl abasourdie et regardant l'un après l'autre le duc et Charles, que... vous... m'autorisez à... épouser Charles?

– D'une certaine façon, je préfère vous voir épouser ce jeune homme avec mon accord, répondit-il, que de vous voir vous enfuir en Irlande et ruiner ainsi une carrière militaire prometteuse.

– Oh, oncle Sergius!

Ce cri exprimait toute sa gratitude. Elle se précipita vers son oncle et se jeta à son cou.

Melissa regardait le duc. Elle crut un instant qu'il resterait parfaitement insensible à cette démonstration d'affection mais il pencha la tête pour que Cheryl puisse l'embrasser sur la joue et passa un bras affectueux autour de ses épaules.

– Pourrons-nous nous marier, oncle Sergius, avant le départ de Charles? demanda Cheryl.

– Oui, mais à la condition que votre mariage ait lieu dans la plus grande intimité, répondit le duc, car vous venez de perdre vos parents, Cheryl, et vous ne devriez vous marier, en principe, qu'à la fin de cette période de deuil.

– Papa n'avait jamais voulu se plier à ce genre de règles, répondit la jeune fille, mais de toute façon, nous tenions à un mariage discret.

– Vous vous marierez ici, décida le duc avec fermeté, même si c'est dans la plus stricte intimité.

– Je ferai tout ce que vous voudrez, du moment que je peux épouser Charles, acquiesça Cheryl. Oh! oncle Sergius, comment pourrai-je jamais vous remercier? Vous êtes si gentil, je suis si contente, si heureuse!

Elle alla vers Charles et lui demanda:

– C'est merveilleux, n'est-ce pas, Charles!

– Nous vous sommes profondément reconnaissants, Votre Grâce, dit Charles.

– Je pense que vous devez avoir un certain nombre de choses à vous confier, dit le duc. Vous trouverez des rafraîchissements dans le salon bleu. Nous parlerons de l'organisation du mariage pendant le déjeuner.

Cheryl regardait Charles avec une adoration évidente. Charles regardait la jeune fille et Melissa fut émue par l'expression de leurs visages.

– Venez, Charles! dit-elle en le prenant par la main. Je vais vous faire visiter le palais.

– Merci encore, Votre Grâce, dit Charles.

Mais Cheryl l'entraînait déjà vers la sortie et la porte se referma derrière eux.

Le duc se tourna vers Melissa et demanda:

– Alors, miss Weldon, êtes-vous satisfaite?

– Comment ne le serais-je pas alors que vous venez de faire le bonheur de deux êtres qui me sont chers?

– C'était, en réalité, ma façon à moi de vous exprimer ma gratitude.

– Vous avez donné votre consentement uniquement pour cette raison? interrogea Melissa.

– Vous savez très bien, miss Weldon, que sans votre intervention, je n'aurais jamais donné mon consentement à ce mariage.

Melissa comprit alors que Sergius Byram avait envisagé la question sous le même angle que sa nièce et elle en fut assez surprise.

– Cet homme vous aurait peut-être réveillé en entrant, dit-elle à voix basse.

– J'en doute, répondit le duc, mais apprenez-moi plutôt comment vous avez su qu'il voulait s'introduire dans ma chambre?

– J'étais allée ouvrir ma fenêtre parce que j'avais trop chaud et j'ai vu deux hommes dans le jardin.

– Et vous avez pensé tout de suite qu'ils avaient l'intention de m'assassiner?

Melissa resta silencieuse un bref instant, puis expliqua :

– Le soir où nous dînions au Flying Fox, Cheryl et moi, j'avais entendu le valet de Mr Byram dire à un autre homme qu'il cherchait un réparateur de cloches... J'ai pensé sur le moment qu'il était question de la réfection d'une église, et cela m'est sorti de l'esprit jusqu'à ce que...

Elle raconta alors comment, de l'antichambre, elle avait vu les chevaux de Gervais Byram et comment le valet, en courant pour rattraper la voiture de son maître, avait perdu son chapeau. Elle avait alors reconnu l'homme du Flying Fox.

– Ainsi, vous étiez dans l'antichambre pendant que je parlais avec Gervais.

Melissa, se sentant coupable d'avoir entendu malgré elle cette conversation, se mit à rougir. Le duc poursuivit :

– Je suppose que vous savez tout ce que nous nous sommes dit. La porte de communication devait sans doute être entrouverte...

– Je n'avais pas l'intention d'écouter, mais j'ai eu le sentiment que les paroles de Mr Byram contenaient une menace, et c'est sans doute pour cette raison, que, quand j'ai vu l'homme grimper le long de la façade sous votre chambre, j'ai pensé qu'il voulait vous tuer.

– Une autre femme aurait sans doute hésité, par peur d'entrer dans ma chambre et de risquer de me déranger pour rien, dit le duc comme s'il se parlait à lui-même.

– Je n'avais qu'une seule crainte, celle de ne pas arriver à temps.

– Tout comme Cheryl, je ne peux que vous dire merci...

– Je suis déjà remerciée, dit Melissa. Je vous suis très reconnaissante de ce que vous avez fait pour mon amie.

Le duc, à sa grande surprise, s'avança vers elle et, lui prenant la main, y déposa respectueusement un baiser.

– Je vous dois la vie, lui dit-il, et cela est bien différent.

La douceur de ce baiser fit naître en Melissa, une sensation étrange, encore inconnue pour elle. Mais le duc avait déjà lâché sa main et avec son cynisme coutumier, il reprit :

– Je suppose que je vais devoir supporter, pendant tout le déjeuner, de vous entendre faire le panégyrique de ce sentiment illusoire que Cheryl et vous défendez avec tant d'ardeur?

Pendant les jours qui suivirent, Melissa eut l'impression de ne pas avoir une minute à elle.

Il avait été convenu, au cours du déjeuner, que le mariage aurait lieu quatre jours plus tard. Ce délai laisserait encore aux jeunes mariés une semaine de liberté avant que Charles ne regagne sa caserne pour y faire les préparatifs de son départ pour les Indes.

Cheryl, de son côté, devait, elle aussi, préparer son départ. Elle possédait, fort heureusement une garde-robe importante et il n'était pas nécessaire d'acheter tout ce qu'une jeune fille de son rang doit normalement posséder avant de se marier. Néanmoins, son séjour aux Indes rendait indispensable l'achat de certains vêtements et accessoires appropriés à un climat tropical.

Melissa et elle partaient donc tous les matins après le petit déjeuner pour faire des emplettes à Melchester ou à Derby.

Un grand nombre de toilettes avaient été commandées à Londres chez la couturière qui habillait Cheryl et qui avait toutes ses mesures. Il avait été convenu que ces robes seraient envoyées directement à Tilbury où Cheryl les trouverait avant de s'embarquer sur le bateau. Mais il fallait également acheter des chapeaux, des gants, des réticules, des châles, des ombrelles, des chaussures et des rubans...

Les deux jeunes filles revenaient donc chaque soir avec un grand nombre de paquets de toutes dimensions. Elle les entassaient dans leurs chambres qui, au fil des jours, ressemblaient de plus en plus à un bazar oriental.

– Vous allez faire couler le bateau, Cheryl, si vous emportez tant de bagages! plaisantait Melissa.

– Je veux être belle pour Charles, disait Cheryl.

– Vous avez tellement de robes qu'il faudra qu'il atteigne l'âge de Mathusalem pour vous voir en porter la moitié! assurait Melissa en riant. Et j'ai bien l'impression qu'il sera si occupé qu'il ne fera pas attention à tous ces détails.

– Charles me trouve très belle, affirmait Cheryl avec une certaine complaisance. Il me l'a dit mais il ne faut jamais vraiment se fier à ce que disent les hommes! Il peut très bien rencontrer une femme plus jolie que moi, à Bombay ou à Delhi...

– Je crois, Cheryl, que vous devriez aussi lire quelques ouvrages sur les Indes, suggéra Melissa. Cela pourrait vous être utile lorsque vous serez sur place.

– Je demanderai à Charles de m'expliquer ce que je dois absolument savoir, répondit Cheryl.

Melissa sourit en songeant que son amie ferait vraiment une parfaite épouse, ayant une confiance totale en son mari et prête à tout recevoir de lui. Elle se demandait si elle-même saurait se montrer aussi docile mais elle se dit que cette passivité deviendrait peut-être vite lassante pour son mari.

Elle s'était aperçue qu'elle aimait beaucoup ces joutes oratoires qui l'opposaient au duc chaque fois qu'ils se rencontraient : alors que Cheryl rêvait à Charles et pensait à son trousseau, Melissa affrontait le duc avec un plaisir qu'elle n'avait jamais soupçonné et recherchait leurs véhémentes discussions.

Il lui paraissait beaucoup moins effrayant depuis qu'elle lui avait sauvé la vie. Il était toujours aussi impressionnant avec son allure de général romain, mais Melissa avait la conviction que son cynisme n'était qu'une arme dont il s'était servi et se servait encore pour se défendre. Le fait est qu'elle avait beaucoup moins peur de lui...

Elle appréciait également sa vive intelligence et les vastes connaissances qu'il possédait dans tous les domaines et qu'elle était loin d'avoir elle-même. Néanmoins, il leur restait d'autres sujets d'affrontement. Il prenait plaisir à lui raconter l'histoire du palais et les exploits que ses ancêtres avaient accomplis au cours des siècles et Melissa trouvait ses récits fascinants.

Elle avait également découvert qu'il s'était battu avec bravoure contre Napoléon et qu'il avait reçu la médaille du Distinguished Service Order.

– Regrettez-vous l'époque où vous étiez soldat?

lui demanda-t-elle un soir, après le dîner, alors qu'il était assis dans son fauteuil favori, un verre de porto à la main.

– Je pense que j'envie parfois Charles, répondit-il. J'aimerais avoir encore son âge et pouvoir comme lui partir aux Indes pour me battre contre les indigènes et réprimer leurs soulèvements.

– Les hommes aiment la guerre, soupira Melissa. Les femmes, elles, la détestent.

– C'est parce qu'elles ont tout à y perdre, répliqua Cheryl, intervenant d'une manière inattendue dans la conversation. Si Charles est tué, je n'aurais plus aucune raison de vivre.

Elle soupira puis reprit :

– Si je mourrais, Charles, lui, aurait toujours son régiment pour l'aider à surmonter sa douleur.

– Je crois que Cheryl a très clairement résumé la situation, dit Melissa se tournant vers le duc.

– Soit, dit le duc, Cheryl est amoureuse de Charles. Mais vous et moi, miss Weldon, que faisons-nous de nos vies, pauvres solitaires que nous sommes?

– Il ne faut vous en prendre qu'à vous-même, Votre Grâce, répondit Melissa.

– Suggérez-vous, par hasard, que, contrairement à vous, je ne peux espérer recevoir en plein cœur la flèche de Cupidon?

Comme elle restait silencieuse, il continua :

– Je vous assure, miss Weldon, que je suis trop vieux pour séduire, et trop déçu par ces idylles qui suffisent aux jeunes gens.

– Ne défiez pas le destin! lui dit Melissa avec une lueur malicieuse dans le regard. Il y a tant de petits amours sculptés ou peints dans cette demeure, que l'un d'eux, un jour, pourrait bien vous décocher une de ses flèches!

– Je vous ai déjà dit que j'étais bien trop vieux pour ce genre d'aventures, protesta le duc.

– Et moi, je vous dis qu'il n'y a pas d'âge pour tomber amoureux. Que l'on ait dix-sept ans ou soixante-dix, cela ne fait pas de différence pour Cupidon.

Cheryl intervint :

– Je ne sais pas bien de quoi vous parlez, mais je crois que Melissa a raison quand elle dit que l'amour n'a pas d'âge. Maman me confiait peu de temps avant sa mort, qu'elle avait toujours aimé mon père et qu'elle l'aimait plus encore, après leurs nombreuses années de vie commune, que lorsqu'elle s'était enfuie avec lui, à dix-sept ans. Je lui avais demandé alors si elle avait été excitée par cette aventure de jeunesse... Elle m'avait répondu qu'elle avait été merveilleuse mais qu'elle préférait encore leur existence paisible et douce à la campagne où ils vieillissaient ensemble.

– Voilà la réponse que vous attendiez, Votre Grâce, dit Melissa.

– Paisible et douce, répéta le duc. Voilà l'existence dont je rêve pour mes vieux jours.

Melissa se leva et assura :

– Il me semble entendre le sifflement de la flèche qui percera le cœur de Votre Grâce...

Celui-ci protesta :

– Nous nous laissons, je crois, emporter par notre imagination. Nous ferions mieux, Cheryl et moi, d'examiner des problèmes plus sérieux et plus concrets comme celui que constitue le nombre de ses malles et des voitures qui lui seront nécessaires pour les transporter.

Le lendemain, Cheryl et Melissa rentrèrent plus tôt qu'à l'accoutumée de Melchester. Elles avaient cependant fait de nombreux achats, à en juger par le nombre de laquais qui portaient ceux dont elles n'avaient pas pu se charger elles-mêmes.

Elles montèrent dans leurs chambres et Cheryl commença à les déballer.

– Vous avez acheté des métrages de tissu bien trop grands, Cheryl, vous avez de quoi faire confectionner au moins une cinquantaine de robes.

– Charles m'a dit que les servantes indigènes étaient très habiles et exécutaient très bien les copies des modèles qu'on leur montrait. Je dois donc emporter beaucoup de mousseline pour qu'elles puissent me faire des robes.

– Dans ce cas, il va vous falloir au moins une demi-douzaine de servantes indiennes, plaisanta Melissa. Et puis, vous pourrez toujours revendre les vêtements que vous ne porterez pas.

– Très bonne idée! dit Cheryl en riant. S'il nous arrivait de manquer d'argent, je pourrais même ouvrir une boutique. Croyez-vous que cela plairait à mon oncle et à ma célèbre famille?

Melissa allait répondre quand on frappa à la porte. Une des femmes de chambre qui aidait Cheryl à ouvrir ses paquets alla ouvrir.

– Un valet désirerait vous parler, miss, dit-elle à Melissa.

Melissa passa dans sa chambre et trouva le valet en question qui l'attendait à la porte.

– Un gentleman désire vous voir, miss, mais en particulier, dit-il à voix basse.

Melissa le regarda avec une certaine perplexité. Qui pouvait donc lui demander un entretien secret?

Elle pensa soudain qu'il devait s'agir de Charles et qu'il devait vouloir lui parler avant de rencontrer Cheryl. Elle espérait que rien de fâcheux ne s'était produit et que le ministère de la guerre n'avait pas soudain interdit aux épouses d'accompagner leurs maris. Il y avait aussi le risque toujours possible d'une guerre ou d'une menace de guerre qui bouleverserait tous leurs plans. Melissa se demandait avec angoisse si elle avait deviné les raisons de Charles.

Elle savait qu'en ce cas il lui faudrait subir les pleurs et les lamentations de Cheryl. Elle alla fermer la porte de communication et dit au valet :

– Je vous suis.

Elle descendit le grand escalier, traversa le hall, puis un couloir avant d'arriver devant le salon où le duc les avait reçues le jour de leur arrivée.

Le valet ouvrit la porte et elle entra.

Soudain, elle s'arrêta, frappée d'horreur en reconnaissant le visiteur qui se tenait debout près de la cheminée. Il ne s'agissait pas de Charles, comme elle l'avait cru mais de Dan Thorpe. Elle maîtrisa sa panique et elle s'avança vers lui, mais chacun de ses pas lui coûtait un effort considérable.

– Vous paraissez surprise de me voir, Melissa, dit Dan Thorpe.

Melissa l'examina en détail et le trouva encore plus vulgaire que d'habitude. Elle se demanda si cette impression n'était pas due au contraste qu'il y avait entre lui et le duc.

Il portait des vêtements coûteux mais trop voyants et une énorme épingle de cravate. Son visage était gras et rouge. Lorsqu'il avança sa grosse main vers elle, Melissa frissonna de dégoût.

Ignorant la main qu'il lui tendait, elle fit une légère révérence et s'enquit :

– Pourquoi êtes-vous venu ici?

– Mais pour vous voir, bien sûr! répondit Dan Thorpe. Vous n'aviez laissé aucune adresse, mais je savais où vous retrouver. Les domestiques de Byram House n'ont fait que confirmer mon intuition.

– Rien ne vous autorisait à me suivre.

– Oh que si! répondit-il. J'ai de bonnes raisons d'être ici. Je suis allé voir votre père, à Londres.

– Mon père? s'écria Melissa. Pourquoi donc êtes-vous allé voir mon père?

– Je voulais qu'il me signe un certain document.

Comme Melissa le regardait d'un air interrogatif, il poursuivit :

– Vous êtes mineure, Melissa, et j'avais besoin de son consentement pour vous épouser.

Melissa se raidit.

– Je vous ai déjà dit que je ne vous épouserai jamais.

– Je ne pense pas que vous ayez le choix, répondit Dan Thorpe. J'ai l'intention de vous épouser et je vous épouserai, Melissa. De plus, vous savez très bien que je vous aime.

Il y avait quelque chose dans son regard et dans ses paroles qui la fit reculer.

– Je suis désolée, mais vous avez perdu votre temps en venant ici, dit-elle. Je n'ai nullement l'intention de vous épouser. Il est inutile de poursuivre plus longtemps cet entretien.

Dan Thorpe éclata de rire et ce rire détonna dans la sérénité de ce salon luxueux.

– Vous prenez de bien grands airs, Melissa, depuis que vous vivez dans un palais, mais cela ne m'impressionne pas. J'ai décidé, la première fois que je vous ai vue, que vous m'appartiendriez et vos réticences, plus grandes que celles de toutes les femmes que j'ai déjà possédées, ne vous rendent que plus attirante.

– Je vois que vous avez du mal à comprendre ce qu'on vous dit. Je ne vous épouserai jamais, même si vous étiez le dernier célibataire au monde! assura Melissa.

Sur ces paroles, elle se dirigea vers la porte, mais Dan Thorpe la rattrapa et la retint par le poignet.

– Je vous l'ai déjà dit, vous n'avez pas le choix! gronda-t-il d'une voix qui la fit trembler. Votre père m'a donné son consentement et votre belle-mère tient beaucoup à ce que je vous épouse. Elle m'a d'ailleurs chargé d'un message. Voulez-vous savoir ce qu'elle m'a dit?

– Non! répondit Melissa.

– Je vais quand même vous le dire, fit-il en souriant et en retenant toujours la jeune fille par le poignet. Hesther m'a dit : « prévenez Melissa que je suis toute prête à dresser une pouliche rétive. » Elle m'a dit que vous sauriez ce que cela signifie.

Melissa se sentit malade de dégoût. Elle savait parfaitement ce que Hesther voulait dire. Connaissant sa cruauté, elle savait qu'elle éprouverait un plaisir sadique à mettre ses menaces à exécution. Cependant, face à Dan Thorpe, Melissa pensa qu'elle préférait encore être fouettée qu'épouser un homme aussi répugnant.

– Lâchez-moi! cria-t-elle.

– Je vous lâcherai quand j'en aurai envie, dit-il. Vous êtes très jolie, Melissa, et je vous trouve très excitante. Dieu seul sait pourquoi d'ailleurs, parce que vous n'êtes pas du tout mon type...

Il la força à se retourner et à lui faire face. Puis il déclara :

– J'aime en général les femmes bien en chair, mais il y a quelque chose en vous qui me pousse à vous désirer même quand vous n'êtes pas près de moi. Je ne cesse de penser à vous, de rêver de vous, d'avoir envie de vous embrasser même quand vous vous hérissez comme un jeune chat en colère.

– Lâchez-moi, répéta Melissa.

Elle essaya de lui échapper tout en sachant que cela ne servirait probablement à rien. Cette tentative n'eut pour résultat que de le rendre plus agressif.

– Vous ne m'échapperez pas! railla-t-il. Quand nous serons mariés, je saurai bien vous forcer à apprécier mes baisers, et croyez-moi, après c'est vous qui en redemanderez.

– Jamais, cria Melissa, jamais! Je vous déteste... vous m'entendez... je vous déteste! Jamais je ne vous épouserai, alors laissez-moi tranquille.

– Ça, c'est impossible, dit-il en passant un bras autour de sa taille, et il l'attira à lui.

Avec une force dont elle ne se savait pas capable Melissa parvint à se dégager et se mit à courir vers la porte. Mais il la rattrapa et rit de la voir se débattre alors qu'il la serrait brutalement contre lui.

– Lâchez-moi, lâchez-moi tout de suite! hurla Melissa.

Il la serrait si fort contre lui qu'elle pouvait à peine respirer, mais quand il se pencha pour l'embrasser, elle eut le réflexe de pousser un cri strident qui se répercuta dans la pièce. Ils entendirent alors derrière eux une voix froide :

– Pourrais-je savoir ce qui se passe ici?

Melissa eut un coup au cœur en reconnaissant cette voix et se dit qu'elle était sauvée.

Lentement, à contrecœur, Dan Thorpe la lâcha et Melissa lutta contre le désir qu'elle avait d'aller se réfugier auprès du duc.

Il s'avançait vers eux, imperturbable, impressionnant, aristocratique.

– Il ne me semble pas vous connaître, commença-t-il en regardant le visage empourpré de Dan Thorpe.

– Mon nom est Dan Thorpe, Votre Grâce.

– Je ne pense pas vous avoir invité ici, continua le duc avec raideur.

– Je suis venu rendre visite à Melissa, répondit Dan Thorpe d'une voix hargneuse.

– Et dans quel but?

Dan Thorpe se redressa et annonça :

– J'ai l'intention d'emmener miss Weldon, Votre

Grâce. Elle doit devenir ma femme et nous nous marierons quand je l'aurai conduite chez sa belle-mère.

Melissa regardait le duc, les yeux agrandis d'horreur.

– Non! protesta-t-elle, non!

Elle était si effrayée qu'elle pouvait à peine articuler et ce qu'elle voulait crier se perdit en un murmure.

– Cet arrangement vous convient-il, miss Weldon? demanda le duc en regardant Melissa pour la première fois depuis qu'il était entré dans la pièce.

– Non... Votre Grâce... je refuse... d'épouser Mr Thorpe... mais il ne... veut rien entendre.

– Je n'ai pas à me soucier de ce que vous pensez, reprit Dan Thorpe avec agressivité. Son père et sa belle-mère sont d'accord pour que je l'épouse le plus rapidement possible. Elle n'a pas le choix. D'ailleurs son père m'a donné tous pouvoirs pour organiser notre mariage.

– J'ai peur que cela soit impossible, dit le duc.

– Impossible? répéta Dan Thorpe.

Il y avait maintenant de la colère dans sa voix et il oubliait le respect qu'il devait au duc.

– J'ai des droits à faire valoir, dit-il, miss Weldon est mineure et doit obéissance à son père.

– Vous avez peut-être des droits, Mr Thorpe, rétorqua le duc mais j'en ai également. Je suis l'employeur de miss Weldon et, en tant que tel, je ne puis lui permettre de rompre son contrat.

– Vous employez miss Weldon? demanda Dan Thorpe avec surprise.

– Je l'ai engagée pour tenir compagnie à ma nièce, miss Cheryl Byram. Elle restera au service de ma nièce jusqu'au mariage de cette dernière.

– Et quand ce mariage aura-t-il lieu? interrogea Dan Thorpe.

Melissa se demanda ce que le duc allait répondre, quand la porte s'ouvrit sur Cheryl qui entra dans le salon.

– Je pensais que Charles était ici... commença-t-elle.

Elle vit alors Dan Thorpe et son sourire retomba.

– Oh! s'exclama-t-elle. La femme de chambre m'avait dit qu'un homme désirait voir Melissa et je pensais qu'il s'agissait de Charles.

Retrouvant soudain ses bonnes manières, elle se tourna vers Dan Thorpe, le salua et lui dit :

– Comment allez-vous, Mr Thorpe?

– Je suis ravi de vous voir, miss Byram. Je venais juste de demander à votre oncle la date de votre mariage.

– Je me marie jeudi, Mr Thorpe, n'est-ce pas merveilleux?

– Jeudi, répéta Dan Thorpe. C'est merveilleux en effet. Je vous adresse tous mes vœux de bonheur, miss Byram.

Il se tourna vers le duc.

– J'attendrai jusqu'à vendredi, Votre Grâce. Miss Weldon aura alors rempli toutes ses obligations envers vous. Elle sera libre alors de remplir celles qu'elle a envers moi et d'obtempérer aux ordres de son père.

Melissa sentit la menace contenue dans ces derniers mots.

D'un air triomphant, Dan Thorpe salua et baisa la main de Melissa.

– Nous aurons le plus beau mariage de tout le comté, affirma-t-il.

Il tendit ensuite la main à Cheryl et lui dit :

– Au revoir, miss Byram, et toutes mes félicitations à Charles.

Il s'inclina devant le duc :

– Au revoir, Votre Grâce. J'espère avoir le plaisir de vous revoir vendredi.

Sans attendre qu'on lui réponde, il sortit de la pièce, sûr de lui. Il regarda une dernière fois Melissa, qui se tenait debout, pâle, une lueur d'inquiétude dans le regard.

Enfin, il sortit et le silence retomba dans le salon.

6

– Comment me trouvez-vous? demanda Cheryl en virevoltant devant la glace.

– Ravissante! répondit Melissa avec sincérité.

La longue robe de mariée et le précieux voile de dentelle que portaient depuis des siècles toutes les mariées de la famille Byram la faisaient ressembler à une princesse de conte de fées.

L'éclat des diamants de son diadème et de son collier accentuait encore cette impression. La couturière de Cheryl avait vraiment fait des miracles en confectionnant en si peu de temps une robe si merveilleuse.

Cependant, la robe n'était pas tout et le bonheur qui irradiait d'elle rehaussait encore la beauté du vêtement.

Cheryl acheva de se préparer, puis prit sur une table le bouquet d'orchidées blanches.

– Je suis si heureuse, Melissa! dit-elle. Et ce bonheur, je le dois à vous et à Charles. Vous vous êtes montrés tous les deux si adroits avec oncle Sergius.

Elle poussa un léger soupir de satisfaction.

– Je n'aurais jamais pensé, cette fameuse nuit où

j'ai tant pleuré, que les choses s'arrangeraient ainsi.

– Vous allez me manquer, Cheryl, dit doucement Melissa.

– Et vous me manquerez vous aussi, répondit Cheryl. J'ai l'impression de vivre un rêve en pensant à toute cette semaine que je vais passer avec Charles avant notre embarquement.

Elle se mit à rire et ajouta :

– J'espère que je n'aurai pas le mal de mer. Cela serait très déplacé.

– Le bonheur est le meilleur remède contre le mal de mer, assura Melissa.

Cheryl éclata de rire. Elle retrouva son sérieux avant de descendre l'escalier pour rejoindre le duc qui les attendait, elle et Melissa, dans le hall.

La cérémonie devait avoir lieu dans la chapelle et c'était le chapelain du palais qui célébrait l'office.

Le duc avait décidé qu'aucun autre membre de la famille ne serait informé de ce mariage.

– Ils auraient été surpris, sinon choqués, avait-il expliqué, que vous vous mariez si peu de temps après la mort de vos parents. Mon opinion diffère de la leur mais il faut respecter les convictions de ceux qui sont favorables à une longue période de deuil.

– Papa affirmait que c'était ridicule, avait plaidé Cheryl.

– Je l'approuve sur ce point, dit le duc, mais je pense qu'il vous sera agréable, quand vous reviendrez des Indes, de faire la connaissance de tous les membres de votre famille. Alors il vaut mieux ne pas les contrarier avant même de les rencontrer.

Cheryl s'était quelque peu insurgée en déclarant qu'elle se moquait bien de leur avis après ce qu'ils avaient fait à ses parents.

Melissa et Charles avaient cependant réussi à la

persuader de ne pas envenimer une querelle déjà ancienne.

– Pensez, Cheryl, lui avait dit Melissa, que Charles aimera peut-être profiter de la compagnie de vos nombreux cousins et de tous les avantages, comme la pêche et la chasse, que de bonnes relations avec eux pourront lui offrir.

Cheryl avait alors réfléchi à la question et cédé devant ses arguments.

– Vous avez raison, Melissa. Je ferais tout aussi bien de me montrer gentille avec eux. De toute façon nous ne rentrerons pas des Indes avant longtemps.

– Et à votre retour, vous trouverez tous les cadeaux de mariage envoyés par votre famille qui se seront accumulés pendant votre absence, avait dit Melissa en souriant.

Debout maintenant, à côté de la mariée dans la chapelle, elle écoutait les paroles du prêtre et songeait que Cheryl et Charles avaient bien de la chance... Ils s'aimaient et leur amour les aiderait à surmonter toutes les difficultés qui se présenteraient à eux.

Tandis que l'orgue jouait et que la musique emplissait toute la chapelle, Melissa regardait le magnifique retable en albâtre et elle se surprit à prier pour qu'un jour, elle trouve, elle aussi, le bonheur auprès d'un homme qui l'aimerait.

La cérémonie terminée, ils retournèrent au salon où les attendait un magnifique gâteau de mariage que Cheryl dut couper.

Melissa, malgré toute la gaieté qu'elle affichait devant les jeunes époux avait peur de l'avenir.

Il n'y eut personne, à part eux, dans le salon, pour porter des toasts, mais tous les domestiques et tous les gens du domaine qui avaient connu le père de Cheryl avaient été invités à la cérémonie.

Melissa était persuadée qu'ils avaient été sensibles à cette invitation et qu'ils avaient apprécié de pouvoir pour une fois assister à la cérémonie, assis aux places généralement réservées aux maîtres.

Toutefois, lorsque le duc proposa un toast en l'honneur des mariés, Melissa fut la seule à répondre, et Charles dit d'un air un peu embarrassé :

– Je suis sûr que vous ne tenez pas à ce que je fasse un discours, n'est-ce pas?

– Oh si, Charles! répondit Cheryl. Cela me plairait beaucoup.

– Rassurez-vous, ma chérie, répondit Charles, vous aurez plus d'une fois l'occasion de m'entendre faire des discours, maintenant que nous sommes mariés.

Ce fut Melissa qui, en regardant la pendule, dit à son amie :

– Je crois, Cheryl, qu'il est temps que vous vous changiez. Vous avez une longue route à faire avant ce soir.

Ils devaient séjourner à Londres pour leur voyage de noces et le duc avait prêté sa maison de Berkeley Square. Il avait aussi organisé leur voyage, envoyant même des chevaux de ses propres écuries dans les différents relais où les jeunes gens devaient faire étape afin qu'ils n'aient pas à louer ceux que l'on y trouvait d'ordinaire.

Melissa et Cheryl montèrent dans la chambre de Cheryl où des femmes de chambre avaient préparé un ravissant ensemble de voyage qui venait d'arriver de Londres. Cheryl s'habilla puis dit à Melissa :

– Je vous ai laissé toutes les robes que je ne voulais pas emporter aux Indes. Je vous les donne, quelques-unes vous iront peut-être.

– Mais Cheryl, protesta Melissa, vous aurez besoin de toutes vos affaires, là où vous allez!

– Charles m'a dit que je pourrai encore m'acheter quelques robes quand nous serons à Londres, répondit Cheryl. Je vous laisse donc les toilettes qui ne me sont pas indispensables ainsi que la robe dans laquelle je suis arrivée et que j'avais tachée.

– Voyons, Cheryl, vous savez bien que nous avons réussi à la nettoyer et que cela ne se voit plus.

– Je sais, mais j'ai l'impression que la tache y est toujours quand je la regarde, dit Cheryl. Acceptez, Melissa, je sais que vous avez bien besoin de compléter votre garde-robe.

– Dans ce cas, je vous remercie. C'est vraiment gentil de votre part.

Elle embrassa Cheryl, adorable avec son nouveau chapeau, puis les deux amies descendirent en se donnant le bras.

Charles et le duc les attendaient dans le hall. Cheryl courut vers son oncle et jetant les bras autour de son cou lui déclara :

– Je ne pourrai jamais assez vous exprimer ma gratitude, oncle Sergius. Vous avez fait preuve d'une telle gentillesse en me permettant d'épouser Charles que je regrette les paroles blessantes que je vous ai dites!...

– Voilà qui est agréable à entendre, répondit le duc avec une lueur malicieuse dans le regard.

– Acceptez également mes remerciements, Votre Grâce, ajouta Charles.

Sa reconnaissance était évidente et la chaleureuse poignée de main qu'il échangea avec le duc la confirma.

Cheryl et Charles embrassèrent ensuite Melissa puis montèrent dans la voiture. Ils quittèrent le palais sous une pluie de pétales de roses et de riz, lancée par les serviteurs groupés sur leur passage.

Melissa regarda du haut du perron la voiture traverser le pont puis disparaître à l'horizon. Elle poussa alors un petit soupir et murmura :

– Ils ont l'air si heureux!

– Vous semblez les envier! remarqua le duc.

– Bien sûr, répondit Melissa en se dirigeant vers le palais.

Le duc tira sa montre de la poche de son gilet, regarda l'heure et dit à Melissa :

– J'ai rendez-vous avec mon agent immobilier. Je vous verrai au déjeuner.

– Bien, Votre Grâce, répondit Melissa.

Elle monta ensuite jusqu'à sa chambre. Il n'était pas 11 heures et elle disposait de deux heures, deux bonnes heures, pour quitter le palais sans que le duc ne s'en aperçoive. Ainsi en avait-elle décidé, sachant très bien que Dan Thorpe viendrait la chercher le lendemain. Il lui fallait donc s'enfuir sans laisser d'adresse.

Le duc lui avait permis d'échapper une fois à Dan Thorpe lors de sa première visite mais il ne lui avait pas caché ses sentiments à l'égard des femmes. Il s'était même montré très clair en déclarant que l'amour était une illusion, un luxe qu'on pouvait difficilement s'offrir.

Elle était aussi consciente que, quelle que soit l'opinion du duc concernant ce mariage, Dan Thorpe avait des droits sur elle. Il avait obtenu le consentement de son père qui, comme toujours, avait fini par se laisser convaincre par Hesther. Le document qu'il avait remis à Dan Thorpe lui permettait de se procurer une licence de mariage.

En revoyant son visage congestionné et son expression triviale, Melissa se sentit frissonner de dégoût.

« Je ne peux pas..., je ne peux pas l'épouser, c'est impossible, se dit-elle. Je préfère encore la misère. »

Elle savait qu'elle ne pourrait pas supporter de vivre avec cet homme pas plus qu'elle ne pourrait supporter les sévices de sa belle-mère. « Je suis bien lâche, se dit-elle, mais je sais que je ne pourrais pas résister indéfiniment à de tels traitements! Hesther serait trop heureuse de briser mon courage et de faire plier ma volonté. »

Elle trouva la femme de chambre en train de ranger dans une grande malle les vêtements que Cheryl n'avait pas emportés.

– Miss Cheryl m'a demandé de ranger ses affaires, miss, expliqua-t-elle, mais j'ai laissé sortie la robe rose de voyage. Elle est si jolie!

Melissa avait eu tout d'abord l'intention de mettre son manteau bleu, mais elle avait une telle hâte de fuir qu'elle décida d'enfiler la robe de Cheryl, pour simplifier ses préparatifs.

Elle enleva sa toilette de cérémonie et la tendit à la femme de chambre qui la mit dans la malle.

Elle passa la robe rose et se trouva fort jolie. C'était la première fois qu'elle portait une robe aussi coûteuse et le chapeau garni de plumes d'autruche était plus seyant que le pauvre chapeau de paille qu'elle mettait d'ordinaire.

Elle se regarda dans la glace. Ainsi vêtue, elle n'avait pas l'air d'aller chercher du travail, mais bien plutôt de se rendre à quelque réception mondaine. Plus tard, elle aurait le temps de reprendre ses effets personnels, plus adaptés à sa condition. Elle garderait les robes de Cheryl pour les grandes occasions.

Elle prit son porte-monnaie et le rangea dans son sac à main. Son poids la rassurait.

Melissa avait dû faire abstraction de sa fierté pour demander à Cheryl de lui prêter un peu d'argent, quand elle s'était aperçue avec consternation que son père ne lui avait pratiquement rien laissé... Elle était sûre qu'il ne l'avait pas fait exprès, mais dans la précipitation du départ et peut-être aussi parce qu'il avait beaucoup bu, il avait tout simplement omis de s'enquérir de la situation financière de sa fille. Melissa avait dû se résoudre à emprunter de l'argent à Cheryl, car elle ne pouvait pas se rendre à Londres complètement démunie.

Elle était persuadée qu'elle trouverait rapidement du travail, mais les frais qu'elle devrait engager pendant le voyage et pour trouver un logement pendant une ou plusieurs nuits avant qu'un employeur accepte de l'héberger, l'effrayaient un peu. Cela représentait une somme qu'elle ne possédait pas.

« J'ai honte, Cheryl, de vous ennuyer ainsi avec mes soucis, avait-elle dit avec humilité, mais je vous promets que je vous rembourserai, même si cela demande quelque temps. »

« Voyons, Melissa, vous savez bien que cela ne pose pas de problèmes », avait d'abord répondu Cheryl.

Puis elle s'était soudain exclamée avec consternation :

« Malheureusement il ne me reste pas grand-chose. Voulez-vous que je m'adresse à oncle Sergius ou à Charles quand il arrivera? »

« Combien avez-vous? »

L'argent de Cheryl était dispersé dans ses nombreux sacs à main et après l'avoir compté, Melissa se dit que les dix livres réunies suffiraient amplement à ses besoins.

« Pouvez-vous me prêter ces dix livres? »

« Mais bien sûr, avait dit Cheryl en souriant. C'est Charles qui veille maintenant sur ma fortune et je n'ai plus de souci à me faire à ce sujet. »

Melissa était ennuyée de priver ainsi son amie de tout ce dont elle disposait, mais elle ne pouvait décemment pas partir sans un sou.

Elle avait remercié chaleureusement Cheryl et rangé les précieuses livres dans son porte-monnaie.

Ses préparatifs terminés, elle fit une dernière fois le tour de la chambre pour s'assurer qu'elle n'avait rien oublié. Puis elle pria la femme de chambre d'aller chercher un valet pour descendre sa malle.

Elle avait également demandé que l'on tienne une voiture à sa disposition. Elle savait qu'un ordre du duc n'était pas nécessaire car Cheryl et elle en avaient souvent utilisé pour aller faire leurs courses à Melchester ou à Derby.

Melissa organisa donc son départ et décida de quitter le palais par une porte de service, empruntant ainsi le même chemin que ses malles. Personne ne parut surpris de ces ordres bizarres. Tandis qu'elle descendait l'escalier, elle se dit que le duc ne se rendrait même pas compte qu'elle partait.

Elle aurait souhaité le revoir, lui dire au revoir, pourtant...

« Je n'oublierai jamais son élégance et sa prestance » songea-t-elle. Leurs conversations allaient lui manquer. Son père était le seul homme avec lequel elle avait pu discuter sérieusement avant qu'elle ne fasse la connaissance du duc. Les autres hommes qu'elle avait rencontrés dans les quelques réceptions où elle était allée ne parlaient que de chasse ou de leurs problèmes de fermage.

Elle avait pris un réel plaisir à bavarder avec le duc et à mesurer l'étendue de ses connaissances. Elle avait apprécié non seulement leurs joutes oratoires mais aussi le fait de pouvoir s'instruire en sa compagnie.

Elle monta tristement dans la voiture découverte qui l'attendait et elle admira une dernière fois la magnificence du palais et du parc qui l'entourait.

Il faisait beau et chaud; les lilas mauves et les seringas blancs faisaient de petites taches de couleur sur les pelouses; les amandiers roses se détachaient sur le ciel bleu et les boutons d'or brillaient sous le soleil.

La voiture s'engagea dans l'allée et Melissa se

retourna pour regarder une dernière fois le palais scintillant sous le soleil dans son cadre de verdure et de fleurs. C'était un spectacle féerique qui se grava dans sa mémoire. Néanmoins, détournant courageusement la tête, elle regarda droit devant elle et songea à son avenir.

Elle avait été si occupée par tous les préparatifs du mariage qu'elle n'avait pas eu le loisir de penser à ce qu'il lui réservait, mais maintenant que cette période euphorique était finie toutes ses anciennes craintes l'assaillaient de nouveau et ressemblaient à un gros nuage noir suspendu au-dessus de sa tête.

« Que va-t-il m'arriver? » se demandait-elle avec terreur. Elle allait se retrouver si seule que s'il lui arrivait malheur, personne ne s'en soucierait.

Elle craignait surtout de ne pas trouver de travail et d'être obligée d'épouser Dan Thorpe. Tout son corps se révulsait à cette idée. Pourtant, elle se demanda si elle aurait le courage de supporter la misère dans laquelle il lui faudrait vivre désormais en refusant d'épouser cet homme.

Tout contribuait à justifier ses craintes; elle avait l'impression que quelque génie malfaisant lui murmurait à l'oreille : « Que vas-tu faire? Tu n'as aucun métier. Crois-tu que l'on va t'engager comme gouvernante, sans exiger aucune référence ou te prendre comme dame de compagnie alors que tu ne peux même pas te présenter sous ton vrai nom? »

Elle essaya de se montrer brave, de se convaincre qu'elle se torturait inutilement en remuant toutes ces idées noires, qu'il serait toujours temps d'avoir des doutes, mais rien n'y faisait... Elle se sentait désespérément seule, perdue et terrorisée.

La voiture venait de traverser un petit village et se dirigeait maintenant vers la grande route qui n'était plus très loin.

Melissa reconnut bientôt le poteau signalant l'arrêt de la diligence qu'elle avait déjà remarqué lors de ses déplacements avec Cheryl. L'attelage s'arrêta et le laquais sauta à terre pour décharger les malles de Melissa. Il avait à peine déposé la première sur le gazon que la jeune fille la vit arriver.

Bien que tiré par quatre chevaux, le lourd véhicule avançait avec lenteur et Melissa nota que les passagers qui voyageaient à l'extérieur étaient déjà nombreux.

Elle se dit avec une certaine appréhension que le véhicule était complet, mais chassant cette pensée importune, elle se fit à l'idée de voyager dehors et non pas à l'intérieur comme elle l'avait espéré.

Elle prit son sac à main et s'apprêtait à descendre de sa voiture quand elle entendit le bruit d'un galop de cheval et aussitôt après une voix la fit sursauter :

– Où allez-vous comme ça?

Melissa se retourna, interloquée. Près de la voiture s'était arrêté un étalon noir monté par un cavalier qu'elle reconnut immédiatement. Le duc paraissait ne faire qu'un avec le haut cheval noir : l'ensemble était imposant et majestueux.

Muette de stupeur, Melissa le fixait de ses grands yeux étonnés. Il avait l'air vraiment mécontent et ne faisait pas preuve de son habituelle indifférence. Cette fois, il semblait même fort en colère.

– Je... je m'en vais, parvint à articuler Melissa.

– Où? demanda-t-il sèchement.

– A... à Londres.

– Seule?

Melissa n'eut pas besoin de répondre car il pouvait aisément se rendre compte qu'elle était seule.

Le duc regarda le laquais qui hésitait à descendre l'autre malle et lui ordonna :

– Remettez cette malle à sa place!

Puis s'adressant au cocher, il ajouta :

– Ramenez miss Weldon au palais!

Les serviteurs s'inclinèrent et le duc, faisant demi-tour, s'éloignait déjà quand la diligence s'arrêta.

Pendant quelques secondes, Melissa pensa sauter de la voiture et s'y précipiter. Elle n'eut pas de mal à comprendre que, si elle osait désobéir à ses ordres, le duc la rattraperait sans peine et la ramènerait au palais de force.

Elle ne voyait pas, toutefois, pourquoi il l'empêchait de partir. Pourtant, en y réfléchissant, elle eut conscience que si elle avait fui ainsi en cachette c'était parce qu'elle avait eu peur que le duc ne s'oppose à ce projet et craint de ne pas avoir le courage de se battre pour imposer son point de vue.

La voiture fit demi-tour et ils traversèrent le petit village en sens inverse.

Melissa avait décidé qu'elle n'épouserait pas Dan Thorpe et rien ne la ferait changer d'avis, pas même le duc. Il pourrait dire ce qu'il voulait, cela ne changerait rien à sa résolution. Il n'était ni son tuteur ni son employeur et n'avait aucun droit sur elle. Elle essayait de se persuader qu'elle était libre de faire ce qu'elle voulait, mais au fond d'elle-même, une petite voix lui disait que cela n'était pas certain...

La voiture s'arrêta bientôt, trop tôt au gré de Melissa, devant le palais. Des laquais se précipitèrent pour l'aider à descendre et elle gravit lentement les marches du perron avant d'arriver dans le hall où le majordome lui annonça :

– Sa Grâce vous attend dans son salon particulier, miss.

Elle se demandait si les domestiques savaient que le duc l'avait forcée à revenir au palais comme on oblige une petite fille qui fait l'école buissonnière à rentrer. Au fond, cela n'avait aucune importance : elle partirait de toute façon avant que Dan Thorpe ne vienne la chercher. Elle s'enfuirait pendant la nuit en n'emportant qu'un léger bagage. Si le duc avait l'intention de la livrer à Dan Thorpe comme on livre un condamné à son bourreau, il allait être désagréablement surpris.

Elle maîtrisa son premier mouvement de panique et entra avec toute la dignité dont elle était capable dans le salon où le duc l'attendait.

Elle se tenait devant lui et ne faisait aucun geste pour enlever son manteau et son chapeau.

– J'ai à vous parler, Melissa, lui dit-il, et je pense que vous seriez plus à votre aise si vous enleviez votre manteau et votre chapeau.

– C'est inutile, je devrai les remettre sous peu, Votre Grâce, répondit-elle.

– N'ayez aucune crainte, lui dit le duc, ils ne s'envoleront pas.

Melissa comprit alors qu'il était ridicule de le contrarier pour des détails aussi futiles, et elle posa son manteau et son chapeau sur une chaise près de la porte. Elle lissa ses cheveux d'une main tremblante et se tourna vers lui.

Il lui désigna un siège et Melissa s'assit en face de lui.

– Il me semble, commença-t-il froidement, que la politesse élémentaire voulait, miss Weldon, que vous me fassiez vos adieux avant de quitter ma maison.

– Je... je devais... partir, répondit Melissa à voix basse.

– Pourquoi?

– Parce que... je voulais... arriver à Londres... le plus vite possible.

– Vous aviez quelque chose de précis à y faire?

– Non, ... mais je ne voulais plus... être là... quand... Mr Thorpe viendrait... me chercher.

– Vous auriez dû me consulter.

Melissa regarda le duc avec un air de défi.

– Je sais très bien... ce que vous m'auriez répondu. Toute discussion aurait été... inutile.

– En êtes-vous bien sûre?

– Vous avez... déjà... donné votre opinion... sur ce sujet.

– Nous parlions, si je ne m'abuse, du mariage en général et non pas de « votre » mariage.

– Mon mariage... ne regarde que moi... et je... n'épouserai jamais Dan Thorpe.

– Vous attendiez-vous par hasard à ce que je vous le conseille? dit le duc. Je crains que...

– Rien ne me fera changer d'avis! lança Melissa en l'interrompant. Je... le déteste! Est-ce que vous pouvez comprendre mon dégoût? Cela me rend malade d'être près de lui... et je crois que... je préférerais mourir plutôt que de... devenir sa femme.

Melissa avait haussé le ton, et le regardait bien en face. Soudain comme si elle craignait d'en avoir trop dit, elle baissa les yeux et acheva :

– Je ne pense pas que vous puissiez me... comprendre! Vous êtes convaincu qu'une femme doit accepter d'épouser l'homme qu'on lui impose même si elle ne l'aime pas. Moi, je sais que ma seule chance de salut est de trouver un endroit où me cacher, un endroit... où il ne me trouvera jamais.

– Vous aviez l'intention d'aller chercher refuge à Londres?

– D'y trouver du travail.

– Quel genre de travail?

Melissa fit un geste expressif de la main et expliqua :

– Je pensais me rendre dans un bureau de placement, j'y aurais probablement trouvé une place.

– Et en attendant d'avoir un emploi convenable, où auriez-vous habité?

– J'avais songé à prendre une chambre dans une pension de famille.

– Vous en connaissez?
– Non, mais je suis sûre que j'aurais très bien pu me loger dans une chambre à un prix... raisonnable.
– Vous aviez donc emporté de l'argent.
– Oui.
– Combien?
Melissa eut envie de dire au duc que cela ne le regardait pas, mais le ton était impératif et elle fut obligée de répondre.
– Presque dix livres que Cheryl m'avait prêtées.
– Dix livres!
La voix du duc était cinglante.
– Et savez-vous, pauvre enfant, combien de temps vous pouviez vivre à Londres avec une telle somme? Croyez-vous réellement que vous alliez trouver du travail, à votre âge, avec ce visage, sans expérience et sans aucune référence? Comment pouvez-vous être aussi naïve?
– Je suis sûre... que je trouverai... quelque chose! affirma Melissa d'une voix hésitante.
– Vous auriez dû venir m'en parler.
– Si je l'avais fait, vous m'auriez dit que... le mariage est la meilleure solution qui s'offre à moi.
Le duc se leva :
– Je pense en effet, Melissa, que le mariage est la meilleure solution. Mais je ne pense certainement pas qu'il vous faille épouser un pourceau comme le visiteur de l'autre jour.
Melissa regarda le duc :
– Vous voulez dire que... vous ne m'auriez pas poussée à épouser Dan Thorpe?
– Certainement pas!
Elle poussa un soupir de soulagement.
– J'avais peur que... vous m'obligiez à accepter ce mariage :
Le duc hocha la tête :

– Voilà donc la raison de ce départ précipité!
– Je suis désolée, je me suis montrée... très mal élevée.
– Pire! Votre départ était une véritable folie, répondit le duc. Vous n'avez aucune expérience et vous n'auriez pas su éviter les dangers qui vous menaçaient à Londres.
– Mais... que puis-je faire, alors? demanda tristement Melissa.
– C'est très précisément ce dont je voulais vous entretenir.
Melissa le regarda, perplexe.
Pour la première fois, depuis qu'elle le connaissait, il semblait hésiter avant de parler comme s'il cherchait ses mots.
– Je crois, Melissa, que nous sommes tous les deux dans une situation similaire.
– Tous les deux? s'étonna Melissa.
– J'ai appris ce matin que mon héritier Gervais Byram avait emprunté de fortes sommes d'argent en offrant comme garantie à ses créanciers son espoir de devenir bientôt le nouveau duc d'Alwick.
– Cela veut sans doute dire qu'il va de nouveau essayer de vous tuer, dit Melissa.
– C'est fort probable, répondit le duc, et cela me contrarie bien moins que le fait d'avoir déjà prêté à Gervais d'énormes sommes d'argent destinées à régler ses dettes. Il y a des limites à tout et Gervais n'est pas mon seul parent. Nous sommes nombreux et j'ai des responsabilités envers les autres membres de la famille.
– Je comprends parfaitement la situation mais je ne vois pas en quoi ma situation est semblable à la vôtre.
– J'ai pensé au moyen de résoudre à la fois votre problème et le mien.
– Je ne comprends toujours pas...

– Gervais n'aurait plus intérêt à me voir disparaître si j'étais marié.

Le duc s'arrêta un instant et, regardant Melissa droit dans les yeux, il expliqua :

– Voici la solution de mon problème et du vôtre par la même occasion : Mr Thorpe ne pourrait pas vous forcer à devenir sa femme si vous êtes déjà mariée...

Un long silence suivit cette déclaration. Comme Melissa fixait le duc avec incrédulité, il précisa :

– Je vous demande de m'épouser, Melissa : c'est notre meilleure chance de nous libérer de nos soucis.

– Vous... voulez dire... que ? Je ne peux pas... croire que ? Je... dois... avoir mal compris.

– Vous me trouvez peut-être aussi déplaisant que Mr Thorpe ? interrogea le duc. Si tel est le cas, nous chercherons une autre solution à votre problème.

– M... mais je n'ai jamais... pensé... jamais rêvé...

– Je le sais bien, répliqua le duc, mais il me semble que c'est une solution logique, pour employer un terme que vous affectionnez.

Comme une somnambule Melissa se leva et se dirigea vers la fenêtre de l'autre côté de la pièce.

Elle laissa son regard errer sur le lac qui scintillait sous le soleil et sur les jonquilles qui faisaient des taches dorées sur les pelouses, mais ses yeux ne voyaient rien. Elle sentait le regard du duc posé sur elle.

– Je ne... sais pas... quoi... dire, murmura-t-elle après quelques instants.

– Cela ne vous ressemble pas de n'avoir aucun avis dans une de nos discussions, lui fit remarquer le duc.

Melissa se retourna.

– Non seulement vous n'avez jamais voulu vous marier, mais, en plus, vous savez aussi bien que moi qu'il serait contraire à vos principes d'épouser une personne de condition inférieure, comme moi.

Le duc parut surpris et fronça les sourcils.

– Je ne m'attendais pas, Melissa, à cette objection. Je pensais que de telles considérations n'entraient pas en ligne de compte quand il s'agissait de mariage...

– Oui, mais... seulement... si l'homme et la femme... sont amoureux... l'un de l'autre.

– Ce qui, évidemment, n'est pas notre cas, répliqua-t-il sèchement.

Elle prit alors seulement conscience qu'il venait bel et bien de la demander en mariage et elle répondit avec précipitation :

– Je suis profondément honorée, Votre Grâce, mais je suis si... surprise que vous ayez pu... songer à faire de moi votre femme... et je ne... voudrais pas que vous pensiez le contraire... mais...

Elle s'interrompit et ce fut le duc qui formula sa pensée :

– Vous souhaiteriez être aimée, Melissa. Je vous comprends, mais avez-vous la possibilité d'attendre de rencontrer l'amour ?

– Non ! Vous savez bien que non ! répondit la jeune fille : Dan Thorpe arrivera demain pour m'emmener de force.

– J'avais supposé que des deux maux vous choisiriez le moindre et que vous accepteriez ma proposition.

– Non, non vous n'avez pas compris ! Vous savez très bien que la question n'est pas là. C'est tout simplement que... que je n'aurais jamais espéré qu'un jour... vous envisageriez... de faire de moi votre épouse et je... crois que cela... n'est pas souhaitable.

– Pour vous ou pour moi ? demanda le duc.

– Pour vous, bien sûr, répondit Melissa. Un homme tel que vous ne peut épouser que la femme qu'il aime ou à la rigueur une personne de sa condition. Que dira votre famille?

– Peu importe ce qu'on pourra dire, affirma le duc. J'ai l'impression, Melissa, que vous ne vous êtes jamais contemplée dans un miroir : votre visage à lui seul justifiera ce mariage hâtif.

Melissa le regardait, troublée par ces paroles. Il continua :

– Comme je vous l'ai déjà dit, cette union présente pour moi bien des avantages, mais parlons de vous maintenant. Me trouvez-vous si déplaisant que vous ne puissiez pas vous faire à une telle éventualité?

– Pas du tout, répondit la jeune fille. J'ai beaucoup d'admiration pour vous, mais...

Le duc lui dit alors doucement :

– Je voulais également vous dire, Melissa, que, puisque nous sommes tous deux contraints de nous marier avec une précipitation que je déplore, nous pourrons, une fois mari et femme, prendre tout notre temps pour apprendre à mieux nous connaître et à devenir amis.

– Vous voulez dire, demanda Melissa d'une voix hésitante que... vous n'userez pas de... vos droits d'époux?

– C'est ce à quoi je pensais, répondit le duc, si c'est cet aspect du mariage qui vous rebute tellement.

Melissa joignit les mains et avoua d'une toute petite voix :

– Je vais peut-être vous sembler bien ignorante... mais je ne suis pas certaine de savoir... ce qui se passe entre... deux êtres qui s'aiment. Je ne crois pas d'ailleurs que Cheryl était plus avertie que moi... mais son amour pour Charles est si fort que... cette question ne l'a jamais vraiment préoccupée et elle considère tout ce qu'il fait comme merveilleux.

Mais il n'en va pas de même pour nous... n'est-ce pas?

– En effet, approuva le duc. C'est pourquoi je vous propose d'attendre, ce qui semble si important pour vous, que la flèche de Cupidon vous ait transpercé le cœur.

Melissa baissa les yeux :

– Et si... si je ne m'éprenais jamais de vous? suggéra-t-elle.

Il y eut un petit silence puis le duc répondit :

– Je suis joueur, Melissa, et je suis prêt à prendre ce risque.

Elle poussa un petit soupir :

– Vous pariez sur un cheval qui n'a pas fait ses preuves et vous risquez fort d'être déçu.

– Je crois que je n'ai pas fait un trop mauvais choix. Votre cote n'est pas aussi mauvaise que vous le supposez, répliqua-t-il avec gaieté.

Melissa le regarda et lui sourit.

– Je ne peux pas m'empêcher de songer à ce que votre famille penserait de cette conversation étrange et sans précédent entre Sa Grâce le duc d'Alwick et une inconnue qui s'apprêtait à fuir à la nuit tombée, comme une voleuse...

– Ils n'en penseront rien parce qu'ils n'en sauront rien, répondit-il. Acceptez-vous de m'épouser, Melissa?

– Mais, c'est... possible? Il faut aussi que...

Le duc lui désigna une pile de papiers qui se trouvait sur son bureau :

– J'ai réussi à obtenir la licence nécessaire.

– Mais alors... vous aviez déjà... prévu ce mariage?

– J'y pense depuis que j'ai vu ce porc vous terroriser, répondit le duc un peu sèchement. Je vous ai entendue crier et j'ai failli céder à l'envie que j'avais de le jeter dehors, au sens propre du terme, avec l'espoir qu'il se casserait le cou.

Il y avait tant de violence contenue dans ces paroles que Melissa le considéra avec ses grands yeux écarquillés.

– Mais il avait des droits et je me suis dominé, reprit-il plus calmement. Votre père lui avait accordé son consentement et il aurait été difficile de l'empêcher de vous emmener.

– Ne devez-vous pas demander également l'autorisation de mon père?

– Je pense qu'il ne s'opposera pas à un mariage déjà célébré. En fait, pour être tout à fait honnête, j'ai fait une fausse déclaration pour obtenir ce certificat en prétendant que votre père m'avait donné son consentement.

– Je vois, répondit Melissa avec un sourire, je vous pousse à commettre des actes que la loi réprouve! Je suis certaine, en tout cas, que papa sera ravi de me voir épouser un homme de votre rang.

Elle hésita, puis demanda :

– Vous n'avez pas peur que... je fasse... une piètre duchesse?

– J'en prends le risque et je suis prêt à parier que vous ferez, au contraire, une merveilleuse duchesse d'Alwick.

– Vous êtes vraiment téméraire! murmura Melissa.

– N'est-ce pas ce que vous désiriez? Je me suis déjà montré téméraire en permettant à Cheryl d'être heureuse avec l'homme qu'elle aime; je me montre téméraire en décidant d'en finir avec cette vie de prudence et de mesure qui fut la mienne pendant des années. Comme vous, me voici devenu impétueux!

– En somme, demanda Melissa, tout est ma faute?

– Naturellement! répondit le duc. Les femmes ont toujours tort.

La jeune fille vit qu'il souriait, les yeux brillants de malice.

– Je vous suggère, Melissa, de monter dans votre chambre et de passer des vêtements plus confortables. Après quoi, nous déjeunerons et vous irez prendre un peu de repos avant la cérémonie qui aura lieu à 6 heures.

Il s'interrompit un instant, puis reprit :

– Notre mariage sera des plus discrets : nous serons seuls dans la chapelle.

Melissa monta dans sa chambre où elle trouva Mrs Meadows qui l'accueillit en faisant révérence sur révérence.

– J'ai fait transporter vos affaires dans la chambre de la duchesse, miss, lui apprit-elle.

Melissa la regarda avec surprise :

– Co... comment avez-vous su? demanda-t-elle.

– Sa Grâce m'en avait donné l'ordre à son retour, expliqua-t-elle. Que je suis heureuse!

Melissa était perplexe : ainsi le duc avait la certitude qu'elle accepterait de devenir sa femme avant même de lui en parler! Sa proposition la mettait à l'abri des manœuvres de Dan Thorpe et elle n'avait plus rien à craindre pour l'avenir. Elle continuait pourtant à se demander pourquoi le duc, qui avait jusque-là refusé de se marier avait décidé de renoncer à sa liberté pour épouser une jeune fille qu'il connaissait à peine et envers qui il n'avait aucune affection particulière. Il avait déclaré que l'amour ne jouerait aucun rôle dans sa vie et pourtant il espérait fermement qu'elle tomberait un jour, plus ou moins lointain, amoureuse de lui.

Elle se sentait désorientée par la tournure des événements, mais elle était heureuse à la pensée qu'elle n'aurait plus à fuir. Elle n'avait plus peur de l'avenir. Elle se sentait protégée contre Dan Thorpe, contre sa belle-mère, enfin en sécurité auprès du duc.

Hesther ne pourrait plus rien lui reprocher et Melissa se dit qu'elle ferait très probablement une crise de jalousie terrible en apprenant que sa belle-fille avait épousé un homme d'un rang social aussi élevé...

Melissa avait néanmoins du mal à imaginer que dans quelques heures cet homme deviendrait son mari. Cependant, la perspective d'être près de lui, de parler avec lui et de l'écouter parler la séduisait.

Mrs Meadows n'arrêtait pas de bavarder mais Melissa était incapable de prêter attention à ses propos. Elle regardait autour d'elle avec l'impression de vivre un rêve. Il lui semblait impossible que son portrait aille un jour rejoindre dans la galerie les autres tableaux représentant les duchesses d'Alwick, impossible également qu'elle devienne l'épouse du duc et que celui-ci dorme près d'elle, dans la chambre voisine.

Elle était heureuse qu'il n'ait rien exigé : il souhaitait d'abord devenir son ami et elle se sentait soulagée qu'il s'en contente pour le moment. Cependant, sans qu'elle sache trop pourquoi, elle se sentait aussi un peu déçue...

Elle se demanda ce qu'il disait aux femmes qu'il étreignait et ce qu'elle ressentirait si ses lèvres se posaient sur les siennes... Elle rougit de ses pensées indécentes.

L'horloge du hall sonnait 6 heures lorsque Melissa descendit de sa chambre.

Elle avait éprouvé quelque inquiétude au moment de s'habiller car elle savait qu'elle ne possédait aucune robe convenable pour une telle occasion. Il lui était difficile de s'imaginer en mariée et elle savait qu'elle ne serait jamais aussi belle que Cheryl l'avait été dans sa merveilleuse toilette nuptiale.

Elle passa en revue les robes en mousseline et

les tenues de soirée, qu'elle avait cousues elle-même en s'inspirant des tenues de Cheryl. Ne trouvant rien qui la satisfasse elle décida de chercher dans les vêtements que lui avait laissés son amie. Elle découvrit une robe du soir en soie rose ornée de multiples ruchés de tulle. C'était une toilette merveilleuse, mais Cheryl avait décidé que cette robe coûteuse la serrait trop à la taille et n'avait jamais voulu la porter.

Melissa la passa, aidée de la femme de chambre et constata qu'elle lui allait à la perfection.

– Vous ressemblez à une rose en bouton, miss, s'exclama la femme de chambre. Je suis sûre qu'il y a une couronne assortie.

Elle fouilla dans un tiroir et en sortit une ravissante couronne de fleurs en soie, ornée de petits diamants qui ressemblaient à des gouttes de rosée et brillaient de tous leurs feux à chaque mouvement de sa tête.

Melissa s'admira dans la glace : l'ensemble était ravissant et contrastait joliment avec ce que Cheryl avait porté le matin devant ce même miroir.

– Il semble, miss, que Sa Grâce avait deviné que vous porteriez cette robe, s'écria soudain la femme de chambre.

– Pourquoi? demanda Melissa.

– Votre bouquet vient d'arriver, miss, répondit-elle.

Elle alla le chercher et le présenta à Melissa.

C'était un merveilleux bouquet de camélias roses dont la teinte nacrée ressortait sur le vert profond des feuilles. Comme le bouquet d'orchidées blanches de Cheryl, il avait été composé avec art.

– Vous êtes ravissante, miss! s'exclama la femme de chambre.

Mrs Meadows qui venait d'entrer pour voir si l'on n'avait pas besoin d'elle ne put retenir une exclamation admirative et affirma que Melissa était délicieuse.

Malgré tous ces encouragements la jeune fille se sentait très intimidée en descendant l'escalier. Elle avait peur que le duc n'apprécie pas de la voir en rose : il aurait peut-être préféré qu'elle porte du blanc, couleur traditionnelle des mariées.

Refoulant ses craintes, elle arriva dans le hall où il l'attendait. Elle leva lentement la tête vers lui et leurs regards se croisèrent.

A cet instant, elle sentit du fond de son cœur monter un cri qui mourut avant de franchir ses lèvres. Mais elle se dit qu'elle se laissait emporter par son imagination et qu'elle était en train de transformer en histoire d'amour ce qui n'était qu'un arrangement raisonnable entre deux personnes...

Le duc lui offrit son bras et ils se dirigèrent vers la chapelle. Quand ils furent hors de portée de voix des domestiques, Melissa demanda :

– Vous n'avez pas... changé d'avis? Vous êtes... bien décidé?

– Je n'ai pas changé d'avis, répondit le duc de sa voix grave. Ne craignez rien, Melissa. Je sais que nous ne commettons pas d'erreur en nous mariant et que cette union est la meilleure issue possible pour nous.

Melissa serra instinctivement son bras et ajouta :

– Vous... ne vous fâcherez pas... si je... commets tout de même des erreurs?

– Je veillerai à ce que vous n'en fassiez pas, lui promit-il. De toute façon, je jure de ne pas me mettre en colère si cela se produit un jour.

– Vous vous... souviendrez que j'ai toujours... un peu peur de vous?

– J'espère pouvoir un jour vous convaincre que vous n'avez aucune raison d'avoir peur de moi. (Il sourit et dit joyeusement :) Et puis, soyons logiques, c'est moi qui devrais avoir peur de vous! Vous avez toujours obtenu de moi tout ce que vous vouliez.

– C'était juste pour Cheryl!

– Vous étiez bien décidée également à ne pas épouser l'homme que votre père vous destinait, non?

– C'est vrai, admit-elle.

Ils venaient d'arriver devant la chapelle et le duc s'arrêta.

– Il est encore temps de refuser, Melissa, si vous le souhaitez, lui dit-il d'un ton qu'elle ne lui connaissait pas. Si ce mariage vous rebute, je fais annuler la cérémonie et je vous assure que je vous trouverai un endroit où vous cacher et où Dan Thorpe ne vous trouvera pas.

Melissa le regarda, cherchant à déchiffrer ses sentiments sur son visage.

– Préféreriez-vous... cette solution? dit-elle.

– Il ne s'agit pas de moi, Melissa, répondit le duc, mais je déclare néanmoins solennellement que je tiens à faire de vous ma femme.

Melissa resta un moment silencieuse. Il la sentit frissonner avant de l'entendre conclure d'une voix ferme :

– Dans ce cas, Votre Grâce... je serai très heureuse de vous... épouser.

7

Melissa ouvrit la porte de la chapelle. Les bouquets qui la décoraient pour la cérémonie du mariage de Cheryl avaient disparu. On n'avait laissé que les lilas qui ornaient l'autel et qui embaumaient.

Elle s'avança dans l'allée centrale pour s'agenouiller devant le grand banc sculpté qui était réservé au duc.

Elle contempla le magnifique autel, et en songeant à son mariage célébré plusieurs jours auparavant, elle se mit à prier.

« Merci... mon Dieu, dit-elle, de m'avoir permis d'échapper à Dan Thorpe et d'épouser le duc. Aidez-moi, je vous en prie, à le rendre heureux... Je ne suis pas sûre de savoir ce qu'il attend de moi... mais je veux lui faire oublier tout ce qu'il a enduré et faire en sorte qu'il soit de nouveau heureux... comme il l'était quand fut peint le portrait qui est dans ma chambre... Je vous en supplie mon Dieu! venez à mon secours et... aidez-moi! »

Cette prière venait du fond de son âme. Agenouillée dans la chapelle, elle se remémora une fois de plus la conversation qu'elle avait eue la veille avec son époux.

Il s'était montré très animé au cours de la soirée et il avait beaucoup parlé avec Melissa. Elle avait l'impression qu'il perdait en sa compagnie, au fil des jours, un peu de cette froideur qu'il affichait au début. Ils se découvraient des sujets d'intérêt communs et leurs rires se faisaient plus fréquents.

Ils s'étaient retirés, ce soir-là, dans le salon et le duc, fidèle à son habitude, s'était installé dans le grand fauteuil. Melissa, elle, avait choisi de s'asseoir devant le feu, sur le tapis, sans se soucier de ménager la robe verte que Cheryl lui avait donnée.

On était en mai et, la soirée étant fraîche, un grand feu avait été allumé dans la belle cheminée de marbre, exécutée tout spécialement pour ce salon.

Melissa avait contemplé les flammes quelques instants, puis avait demandé, sans l'avoir le moins du monde prémédité :

– Me direz-vous... pourquoi vous n'avez pas... épousé lady Pauline?

Elle avait senti que le duc jugeait sa question indiscrète et craint qu'il n'en soit contrarié.

– Qui vous en a parlé? lui avait-il demandé après un instant de silence.

– Mrs Meadows y a fait allusion en me faisant visiter la chambre de la duchesse. Elle m'a dit que vous aviez été... fiancé, expliqua Melissa. Il m'arrive souvent, en regardant le tableau qui est dans ma chambre, de songer combien vous paraissiez heureux en ce temps-là. Dites-moi... ce qui vous a transformé ainsi.

Consciente du trouble provoqué par ces paroles, elle avait ajouté :

– Pardonnez-moi... Je n'aurais pas dû vous poser cette question... Je n'en avais pas le droit.

– Vous êtes ma femme, avait répondu lentement le duc, et vous avez tous les droits. Je vais vous raconter ce qui s'est passé, Melissa, et vous serez la première personne à qui j'en parle.

Elle le regarda avec attention et vit combien il était tendu. Elle était embarrassée d'avoir abordé un tel sujet et regrettait de l'avoir blessé. Le duc avait commencé :

– J'avais vingt et un ans quand j'ai rencontré Pauline. Elle était déjà très belle et, comme moi, elle avait vingt et un ans.

– Elle devait être très belle! avait murmuré Melissa.

– Elle était plus que belle, avait poursuivi le duc, et je ne vous apprendrai rien en vous disant que je n'étais pas le seul à le penser... Sa beauté fascinait tous les hommes. De très nombreux jeunes gens l'avaient déjà demandée en mariage, mais elle avait refusé toutes ces propositions et son père, qui était en adoration devant elle, avait cédé à ses caprices.

Melissa n'avait pas quitté des yeux le duc qui continua son récit :

– Comme tous mes amis, j'avais été ensorcelé par Pauline et je n'exagérerai pas en disant que je l'idolâtrais. Elle était pour moi l'incarnation même de la perfection du corps et de l'esprit. Elle était gaie, spirituelle et savait tenir toute une assemblée sous le charme de sa conversation, ce qui ne l'empêchait pas d'être douce et féminine.

Melissa avait alors ressenti comme un coup de poignard dans la poitrine en entendant son mari parler d'une femme avec une telle ferveur.

– Pauline avait accepté de m'épouser, poursuivit le duc. Je ne parvenais pas à croire à mon bonheur : celle que convoitaient tous mes amis consentait à devenir ma femme ! J'avais quitté la terre ! J'étais le plus heureux des hommes ! Je n'étais plus un jeune homme, je me sentais devenu un homme.

Le duc s'était tu pendant quelques secondes, avant d'ajouter avec un certain cynisme :

– Mais je me trompais : j'étais encore jeune, vulnérable et stupide.

Il s'était arrêté de nouveau et Melissa avait respecté son silence. Il reprit.

– Quand elle ne résidait pas en ville, Pauline habitait à environ vingt miles de Londres. Son père, qui était marquis, possédait un grand domaine et une maison faite de différents corps de bâtiment, parfait exemple des divers styles d'architecture qui s'étaient succédé au cours des siècles. J'avais prévu de séjourner chez le marquis quelque temps avant notre mariage et, à cet effet, j'avais demandé une permission que j'obtins un jour plus tôt que prévu. Je m'étais muni d'un cadeau pour Pauline acheté peu de temps auparavant. C'était, en fait, mon cadeau de fiançailles et j'avais décidé de lui en faire la surprise.

Le duc s'était arrêté un instant comme s'il cherchait à reconstituer le déroulement de ces événements passés.

– Quelqu'un dont je ne me rappelle plus le nom avait dit un jour que la nouvelle génération, ma génération, était bien peu romantique et nous avait parlé des sérénades que l'on donnait aux femmes en Espagne, des Vénitiens qui montaient jusqu'au balcon de leur belle pour leur voler un baiser et des Hongrois qui parcouraient à cheval des centaines de miles pour apporter à l'élue de leur cœur un témoignage de leur amour... Toutes ces histoires avaient enflammé mon imagination et j'avais décidé de prouver à Pauline que, non seulement je l'aimais, mais que je pouvais également me montrer romantique... Je pris donc mon cadeau de fiançailles et j'achetai du muguet, fleur que Pauline préférait entre toutes. Je quittai ensuite Londres pour me rendre chez le marquis où j'arrivai vers 11 heures du soir.

» Je savais que Pauline serait encore éveillée car elle m'avait souvent dit qu'elle passait, en m'attendant, une partie de ses nuits à lire ou à écrire des poèmes qui m'éblouissaient quand je les comparais ensuite aux malheureux vers que je composais.

» J'avais attaché mon cheval à un buisson et je traversai les pelouses du jardin dont je connaissais les moindres recoins. En approchant de la maison, je vis la lumière qui brillait encore dans la chambre de ma fiancée. J'imaginai qu'elle pensait à moi en cet instant tout comme je pensais à elle...

» Elle m'avait si souvent déclaré qu'elle m'aimait que je n'envisageais pas qu'elle ait eu d'autres motifs d'accepter notre mariage.

» Mon père portait bien évidemment un grand nom mais les autres prétendants qu'elle avait éconduits portaient des noms et des titres tout aussi honorables.

» J'arrivai devant la maison et je grimpai par les

glycines, jusqu'au balcon qui donnait sur son boudoir. J'enjambai la balustrade et je vis par la fenêtre ouverte briller la lumière.

» La porte de communication entre son boudoir et sa chambre n'était pas fermée et je pouvais voir, de part et d'autre de son lit à baldaquin, les candélabres restés allumés. Je m'approchai doucement de la fenêtre et je m'apprêtai à entrer quand j'entendis des voix. Surpris, je m'arrêtai.

» Je ne voulais pas que mon entrée soit gâchée par la présence de sa femme de chambre ou de son père venu lui dire bonsoir. Soudain, j'entendis une voix d'homme parler à Pauline. Je décidai donc de battre en retraite et d'attendre que cet intrus s'en aille quand me parvint clairement la voix de Pauline qui disait :

» – Vous allez terriblement me manquer, quand je serai mariée.

» – Mais vous reviendrez bien ici de temps en temps? avait répondu son interlocuteur.

» – Oui peut-être, mais cela ne sera pas la même chose, n'est-ce pas?

» – Bon Dieu non! s'était-il exclamé. Que croyez-vous que cela me fasse de savoir que vous allez être la femme d'un homme qui vous aime? Et qu'en plus de cela, des dizaines d'idiots comme moi vont continuer à vous faire la cour...

» – Je n'ai jamais pensé que vous étiez un idiot, Jim! avait remarqué doucement Pauline. Vous êtes passionné, parfois brutal, mais vous n'êtes pas un idiot.

Le duc s'était tu un long moment.

– Je me suis senti incapable de faire le moindre mouvement, reprit-il. J'étais choqué mais un sentiment de profond dégoût, bien plus puissant, s'était emparé de moi.

» Je connaissais l'homme qui se trouvait avec Pauline, cette femme que j'avais adorée et qui avait consenti à devenir mon épouse, cette femme que je comparais à un ange du paradis : c'était un employé de mon père.

La voix du duc se fit sarcastique.

– Il s'occupait de l'écurie de courses du marquis. Il connaissait à merveille les chevaux, montait admirablement et avait débuté chez le père de Cheryl comme garçon d'écurie...

Il y avait eu un silence impressionnant, puis Melissa n'avait pu s'empêcher de demander :

– Qu'avez-vous fait?

Le duc avait sursauté au son de sa voix, comme s'il avait oublié sa présence pendant qu'il restait plongé dans ses souvenirs.

– J'ai déposé mon cadeau et mes fleurs devant la fenêtre, là où elle ne manquerait pas de les voir, puis je suis redescendu, j'ai pris mon cheval et je suis parti.

– Lui avez-vous parlé... après?

– Je ne l'ai jamais revue, avait affirmé le duc. J'ai fait paraître dans *La Gazette* une annonce selon laquelle notre mariage n'aurait pas lieu et je suis parti pour l'étranger.

– Votre père et votre famille ont dû se demander ce qui avait bien pu se passer?

– Je me suis bien gardé de leur fournir des explications. Pauline, elle, avait compris mais elle n'en a pas donné non plus. Elle s'est mariée peu de temps après avec un noble irlandais et elle est partie vivre chez lui.

– Est-elle toujours... vivante? avait demandé Melissa.

Sans bien s'expliquer ses craintes elle avait le sentiment que lady Pauline constituait une menace pour son bonheur.

– Non, elle s'est tuée lors d'une chasse à courre il y a une dizaine d'années, avait répondu le duc.

Le silence s'était de nouveau établi entre eux,

presque intolérable. Enfin, Melissa avait murmuré :

– Je suis désolée... désolée que l'on vous ait ainsi... blessé.

– J'étais alors idiot et sentimental, ce qui est encore pire, avait répondu sèchement le duc. Je suis guéri à tout jamais de ce défaut.

– Toutes les femmes... ne sont... pas... infidèles, avait plaidé Melissa.

Son mari avait retrouvé ce ton cynique que Melissa redoutait tant et elle regrettait maintenant de l'avoir poussé à revivre ce passé et de lui avoir ainsi remis en mémoire le souvenir de lady Pauline.

Elle s'était dit ensuite que cela valait peut-être mieux et qu'il avait pu, grâce à elle, se libérer de ce secret qui l'avait fait souffrir pendant tant d'années. Il était triste que la perfidie d'une seule femme lui ait fait mépriser toutes les autres.

– Vous m'avez demandé la vérité, avait conclu le duc, j'espère que vous êtes maintenant satisfaite.

Sur ces mots, il s'était levé et il était sorti, laissant Melissa seule et consternée.

Lady Pauline n'avait pas uniquement blessé sa fierté et détruit ses illusions, elle avait aussi continué à le tourmenter en faisant de lui un homme dur et cynique.

– Je la déteste! avait lancé Melissa à haute voix. Je la déteste!

Le duc était revenu un peu plus tard, avec le livre dont ils avaient parlé durant le dîner. Ils avaient alors repris leur conversation comme s'il avait déjà oublié tout ce qu'il venait de confier à Melissa.

Avant de se retirer pour la nuit, comme d'habitude, il lui avait baisé la main. Elle lui avait alors demandé tout bas :

– Vous n'êtes... pas fâché... contre moi?

– Je vous ai promis de ne jamais me fâcher.

– J'avais un peu... peur que... vous le soyez quand même, avait-elle murmuré.

– Vous n'avez aucune raison d'avoir peur de quoi que ce soit. Ayez confiance en moi, simplement.

Elle avait levé les yeux vers lui et ce qu'elle avait lu dans ce regard lui avait fait battre le cœur plus vite.

Il s'était penché vers elle et ses lèvres avaient doucement effleuré la peau satinée de sa main.

– Nous sommes des amis, Melissa, c'est pourquoi nous nous devons d'être francs l'un envers l'autre, sans aucune restriction.

– Oui... des amis, avait-elle répété.

Il était sorti en refermant la porte derrière lui. Une fois seule, Melissa ne put trouver le sommeil : elle aurait souhaité être une fée pour avoir le pouvoir de guérir toutes les blessures que lady Pauline lui avait infligées.

Elle s'était soudain sentie bien jeune et bien ignorante. Que savait-elle des hommes et même d'une femme comme lady Pauline? Qu'est-ce qui avait pu pousser une jeune fille aussi belle et aussi courtisée à choisir un tel amoureux alors qu'elle aurait si aisément pu accorder ses faveurs à un homme digne d'elle?

Melissa avait compris que le duc avait non seulement été blessé de la voir préférer un autre homme mais aussi humilié que son rival soit un employé de son père. Elle avait également la certitude qu'il avait toujours eu en lui cette fierté propre à tous les Byram, même à l'époque où il était encore jeune et insouciant. Cette humiliation, même si elle était secrète, était gravée à jamais dans sa mémoire. S'en souvenir lui était même devenu insupportable.

« Faites, mon Dieu, que je puisse venir à son secours », priait Melissa agenouillée dans la chapelle.

Elle avait pleinement conscience de ne lui avoir

été d'aucun secours jusque-là. Depuis leur mariage, le duc avait fait preuve d'une gentillesse dont elle ne l'imaginait pas capable, mais il ne s'était créé entre eux aucun lien vraiment authentique, aucune intimité.

Il avait accédé à toutes ses demandes et lui avait fait faire le tour du domaine. Il lui avait d'ailleurs expliqué que cette visite était une tradition et qu'elle se devait de connaître toutes les personnes qui y vivaient et qui y travaillaient et plus particulièrement les gros fermiers.

Le duc menait lui-même le phaéton qu'ils empruntaient pour ces promenades et Melissa avait ainsi l'occasion d'apprécier son habileté dans le maniement des attelages et sa connaissance des chevaux. Ayant été élevée dans une région où se pratique la chasse à courre, elle savait que l'opinion que l'on se faisait d'un homme tenait beaucoup à ces qualités. Elle éprouvait une admiration sans borne à le voir mener un attelage en tandem ou à quatre. Elle n'avait rencontré aucun autre homme doué d'une telle dextérité.

– Dans une ou deux semaines, nous irons à Londres, lui avait-il dit. Je pense qu'il vaut mieux que nous ayons le temps de faire connaissance avant de commencer à recevoir et de vous imposer l'épreuve de la présentation à la famille.

Melissa l'avait regardé avec effroi.

– Oh, non, je vous en prie, pas tout de suite! avait-elle supplié. Vous savez que cette idée me terrorise.

– Je serai là! avait-il répondu, et de toute façon, je peux vous dire que ma famille me craint encore bien plus que vous ne la craignez.

Melissa avait souri.

– Je suis sûre que cela doit être vrai. Mais j'ai peur de vous décevoir.

– Je n'en crois pas un mot, avait répondu le duc.

Je vais d'ailleurs, avant de vous imposer cette épreuve, vous acheter une garde-robe complète. On dit que de belles toilettes donnent confiance aux femmes.

– J'en serais très heureuse, avait dit Melissa. Maman et moi songions souvent qu'on devait éprouver un vif plaisir à s'acheter de merveilleuses toilettes, à la dernière mode, lorsque nous étions obligées de faire les nôtres nous-mêmes et de porter bien souvent des robes démodées.

Elle espérait aussi que le duc la trouverait plus jolie dans ces nouvelles toilettes.

Elle savait, bien sûr, qu'elle ne serait jamais aussi belle à ses yeux que lady Pauline, mais elle se disait qu'en soignant tout particulièrement son apparence, il serait peut-être fier d'elle.

– J'ai un cadeau pour vous, lui avait-il dit avant qu'ils aillent se coucher. Il est arrivé cet après-midi et j'espère que cela vous plaira.

– Un cadeau? s'était écriée Melissa. Qu'est-ce que cela peut être?

L'amertume dont il avait fait preuve en parlant de lady Pauline semblait avoir disparu.

Il avait sorti de sa poche un petit paquet. Il souriait et toute trace de cynisme s'était effacée de son visage. Il avait ouvert l'écrin et Melissa avait découvert une superbe bague en diamant, composée d'une pierre centrale en forme de cœur entourée de diamants plus petits.

– C'est... pour... moi?

– Oui, c'est votre bague de fiançailles, bien qu'elle soit arrivée avec un certain retard, avait expliqué le duc. Je voulais vous offrir un bijou qui soit bien à vous et non pas une des nombreuses bagues qui sont dans la famille depuis des siècles.

– Elle est magnifique... vraiment magnifique! s'était exclamée Melissa.

Puis elle avait regardé le duc avec appréhension et lui avait dit :

– Il... il me semble que je ne devrais pas... accepter... un tel cadeau alors que... nous ne sommes que... des amis.

Le duc était resté silencieux un instant puis avait déclaré :

– Je maintiens mon pari, Melissa.

– Cela ne me paraît pas juste, avait-elle protesté, parce que... je n'ai rien... à vous donner en retour.

Quelques secondes s'étaient écoulées avant qu'il ne réponde :

– Me croirez-vous si je vous dis que votre amitié représente bien plus pour moi que tous les cadeaux que vous pourriez me faire?

– Vous n'allez pas penser que je suis... intéressée?

– J'aurais été très déçu si vous aviez refusé ce cadeau que j'avais choisi spécialement pour vous.

– Alors voulez-vous me la passer au doigt? avait demandé vivement Melissa.

Elle lui avait tendu sa main aux longs doigts fuselés et il avait glissé la bague à son annulaire où brillait déjà l'alliance en or qui avait appartenu à sa mère.

Sans lui lâcher la main, il l'avait regardée et avait dit :

– Les diamants vous vont bien, Melissa. D'ailleurs je n'ai encore rien trouvé jusqu'à présent qui ne vous aille pas.

– Elle est réellement splendide, cette bague! avait répété Melissa. Merci, merci... beaucoup.

Elle avait levé la tête vers lui dans un élan de gratitude spontané, tout comme l'aurait fait un enfant. Il s'était penché et elle l'avait embrassé sur la joue. Elle avait soudain pris conscience que c'était la première fois qu'elle l'embrassait et aussi la première fois qu'elle embrassait un autre homme que son père. Cela avait fait naître en elle une sensation nouvelle qui l'emplit de confusion.

Le duc sembla s'apercevoir de son trouble et lui dit :

– Il y a beaucoup de choses que je désire vous offrir, Melissa, mais je pense que cela pourrait être amusant de les choisir ensemble quand nous serons à Londres.

– J'en serais ravie, mais il ne faut pas que vous m'offriez trop de cadeaux. Je n'ai jamais vu une bague si belle et je n'aurais jamais pensé qu'il me serait un jour permis de posséder quelque chose... de si coûteux!

– Cela aurait-il pour vous de l'importance? avait demandé le duc sur un ton moqueur. Vous m'avez pourtant dit plus d'une fois que je ne devais pas mêler l'affection ou l'amour à des considérations pécuniaires!

– Vous ne devriez pas utiliser contre moi mes propres arguments, avait protesté Melissa. Je ne voudrais pas devenir pour vous... une charge, voilà tout.

Elle avait alors pensé aux sommes considérables qu'il avait prêtées à Gervais Byram qui, en retour, ne lui avait montré que de l'ingratitude, allant même jusqu'à essayer de faire assassiner l'homme qui était son bienfaiteur.

– Faites bien attention, la nuit, avait recommandé Melissa, et ne laissez pas votre fenêtre grande ouverte. Il serait bien plus difficile d'entrer dans votre chambre si elle n'était qu'entrouverte.

– Vous feriez-vous du souci pour moi, Melissa? lui avait-il demandé. Je ne pense pas que Gervais renouvelle sa tentative. Mais tranquillisez-vous : depuis ces événements, je garde toujours près de moi un pistolet chargé au cas où un autre visiteur nocturne se présenterait.

Le duc comme chaque soir avait baisé la main de

Melissa et avant que celui-ci ne prenne congé, elle lui avait dit :

– Encore merci pour cette merveilleuse bague. Je vais la garder pour dormir, de cette façon personne ne pourra tenter de me la prendre.

– Cela m'étonnerait! Mais au cas où quelque chose vous effraierait, rappelez-vous que je suis à côté.

Il lui avait de nouveau baisé la main avant de se retirer.

Melissa avait remarqué que lorsqu'il la quittait pour rejoindre sa chambre, il ne passait jamais par la porte de communication. Elle avait le pressentiment qu'il tenait à ce que ce soit elle qui emprunte ce passage et que la porte demeurerait fermée jusqu'à ce qu'elle se décide à l'ouvrir. Mais à cette pensée elle s'était dit que son imagination devait lui jouer des tours.

Melissa, toujours dans la chapelle, poursuivait sa supplique :

« Protégez-le, mon Dieu, je vous en prie... veillez à ce qu'il ne lui arrive rien. Et aidez-moi à le rendre heureux... Montrez-moi comment lui venir en aide... je me sens tellement inefficace. »

Durant cette prière, ses yeux s'étaient posés sur des anges en albâtre qui ornaient l'autre côté de l'autel. Soudain, il lui sembla entendre dans le silence de la chapelle une voix qui lui disait :

« Apporte-lui l'amour! »

Ce fut pour Melissa comme une révélation.

« Mais comment? Comment faire? » se demanda-t-elle.

« Aime-le, aime-le! »

Ces mots envahirent son esprit, résonnant en elle comme une musique...

En quittant la chapelle pour aller rejoindre le duc, elle apprit qu'il n'était pas encore rentré de l'agence immobilière où il s'était rendu.

Pour calmer son énervement, elle décida d'aller à la bibliothèque où Mr Farrow l'accueillit avec un plaisir évident.

– J'attendais la visite de Votre Grâce, lui dit-il. J'ai trouvé le livre que vous cherchiez.

– Celui qui concernait l'édification du palais? demanda Melissa. Je suis si contente! Le duc m'a dit qu'il contenait les plans des passages secrets et qu'il m'expliquerait tout ce que je voudrais savoir. J'ai hâte d'en prendre connaissance.

– Il vous attend depuis avant-hier, Votre Grâce, précisa Mr Farrow avec un léger reproche dans la voix qui fit sourire Melissa.

– Vous pensez, Mr Farrow, que je suis devenue bien négligente et vous avez raison. Mais je suis si fatiguée le soir lorsque je me couche que je n'ai pas le courage de lire.

Elle voulut ajouter qu'elle pouvait consacrer beaucoup plus de temps à la lecture quand elle n'était pas mariée, mais en songeant que cela pourrait paraître étrange, elle ajouta simplement :

– Donnez-moi ce livre, Mr Farrow. Je vous promets de le lire avec la plus grande attention.

Le vieux bibliothécaire se dirigea vers les rayonnages où étaient rangés tous les ouvrages se rapportant au palais.

– J'ai également trouvé un livre de poèmes qui pourrait peut-être intéresser Votre Grâce, dit-il. Il date de 1696 et il a été écrit par le premier duc. Vous trouverez, je crois, ces poèmes très romantiques.

A ces mots, Melissa se demanda si le duc avait conservé les poèmes qu'il avait écrits à lady Pauline. Quoi qu'il en soit, elle avait la certitude que ces poèmes avaient été les derniers qu'il ait composés et qu'il avait abandonné l'écriture après cette terrible épreuve. Elle pensa qu'il n'avait sans doute plus jamais écrit de lettres d'amour tant ce mot lui faisait horreur et lui rappelait la femme qui l'avait trahi et humilié.

Elle songea avec tristesse qu'elle n'avait jamais reçu de lettres d'amour et que personne jamais n'écrirait pour elle des poèmes... Mais pour ne pas s'appesantir sur un sujet qui lui rappelait trop les liens qui avaient existé entre le duc et lady Pauline, elle dit à Mr Farrow :

– Je lirai ces poèmes plus tard. Ce livre sur la construction du palais va, je crois, m'occuper pendant un jour ou deux.

Elle constata que le bibliothécaire allait et venait le long des rangées de livres et marmonnait quelque chose :

– Je l'avais remis à cet endroit. J'en suis certain.

– Que se passe-t-il? demanda Melissa.

– J'avais sorti ce livre pour Votre Grâce, répondit Mr Farrow. Il est resté sur mon bureau toute la journée de mardi et, comme vous n'êtes pas venue, je l'ai remis le soir sur les rayonnages car je n'aime pas laisser traîner des livres à cause des domestiques qui risquent de les déranger.

– Il doit sûrement se trouver là où vous l'avez rangé, dit Melissa. Laissez-moi regarder.

Mr Farrow était vieux et elle pensa que sa vue devait commencer à baisser. Elle passa en revue tous les livres des rayonnages mais ne vit aucune trace de l'ouvrage.

– Je n'y comprends rien, disait le bibliothécaire.

– Le duc l'a peut-être emporté sans vous en avertir, suggéra Melissa. Ne vous inquiétez pas! Vous le retrouverez.

« Il commence à perdre la tête, songeait-elle. Il l'a très certainement rangé ailleurs, par erreur. »

– Vous me le donnerez demain, lui dit-elle. J'ai un autre livre à finir avant de commencer la lecture de celui-là.

– Je n'arrive pas à comprendre ce qui a pu se passer, dit Mr Farrow avec une certaine agitation. Je n'ai jamais égaré aucun livre, je les aime trop pour ça. Je les connais tous et j'en prends soin comme s'ils étaient mes enfants.

– Je comprends très bien. Ne vous inquiétez pas, vous le retrouverez! On retrouve toujours tout, ici!

Elle quitta la bibliothèque et se rendit au salon où le duc l'attendait.

Il examinait sur son bureau les plans des cottages qu'il allait faire bâtir dans la partie est du domaine.

– Ces cottages seront les plus modernes du comté, expliqua-t-il. Je me suis adressé à un jeune architecte de Londres dont vous ferez demain la connaissance. Il déborde d'idées.

Ils parlèrent du domaine toute la soirée et Melissa se rendit compte de l'importance qu'il attachait à toutes ces améliorations et à tous les détails qui touchaient au palais.

« Il devrait avoir un fils, se dit-elle, qui poursuivrait l'œuvre de son père. »

Plus tard, quand elle eut regagné sa chambre, seule dans l'obscurité, elle se surprit de nouveau à penser aux héritiers du duc. Ce palais était bien trop grand pour deux personnes et bien trop vide, aussi. De plus, elle avait la sensation de ne pas se comporter comme une épouse.

Il lui avait dit qu'ils seraient de simples amis jusqu'au jour où elle tomberait amoureuse de lui, mais ce jour viendrait-il?

Elle se demanda si elle devait accepter de lui donner un enfant, tout en sachant qu'elle n'éprouvait pas de véritable amour pour lui. Elle discernait mieux la raison qui l'avait fait hésiter à consentir à ce mariage : elle avait l'intime conviction et l'avait toujours eue que seuls deux êtres qui s'aimaient avaient le droit de concevoir un enfant.

Elle se souvenait d'un petit fait qui s'était produit quand elle avait huit ans. Sa mère recevait ce jour-là une amie pour le thé et elle jouait par terre, à côté d'elle. Les deux femmes bavardaient quand soudain l'amie avait déclaré, oubliant, comme beaucoup d'adultes, que Melissa pouvait parfaitement comprendre :

– Votre petite fille est absolument ravissante et paraît particulièrement heureuse de vivre.

– Elle l'est, avait répondu la mère de Melissa. C'est une enfant de l'amour.

L'amie avait ri et ajouté :

– Dans ce cas, il faut lui donner de nombreux frères et sœurs. Je n'ai jamais vu d'êtres plus heureux que Denzil et vous.

– Nous sommes très heureux, c'est vrai, avait répondu Mrs Weldon, mais malheureusement Dieu n'a pas voulu que nous ayons d'autres enfants.

Cette conversation était restée gravée dans la mémoire de Melissa. Elle n'en avait jamais parlé à sa mère et elle avait toujours estimé, en songeant au mariage et aux enfants, qu'ils devaient être le fruit de l'amour.

« Je veux aimer le duc... je veux l'aimer », se disait-elle et elle entendait encore cette voix qui avait retenti dans la chapelle... et qui n'était peut-être que le battement de son cœur lui ordonner :

« Apporte-lui l'amour! »

« Mais il ne m'aime pas », répondait Melissa.

Elle était couchée et pensait à cet homme qui était dans la chambre voisine et qu'une seule porte séparait d'elle.

Elle n'était pas entrée dans sa chambre depuis la nuit où elle s'y était glissée, hors d'haleine, pour l'avertir qu'un malfaiteur escaladait la façade du palais...

Soudain, en pensant au couteau que tenait le malandrin, à ce couteau long et bien effilé, Melissa éprouva la sensation qu'un danger le menaçait.

Elle avait déjà eu trois fois dans sa vie ce genre de prémonitions.

La première fois c'était le jour où, alors qu'elle était enfant, sa nurse l'avait laissée à la garde de ses parents. Elle passait en effet sa journée de congé à Leicester.

Melissa était assise sur le sofa et jouait avec ses poupées quand elle avait bondi sur ses pieds et crié :

– Nana! Je veux aller retrouver Nana!

– Nana rentrera bientôt, lui avait doucement répondu Mrs Weldon. Elle sera là d'un moment à l'autre, à condition bien sûr que la diligence soit arrivée à l'heure.

– Je veux aller chercher Nana! Je veux Nana! Je la veux tout de suite!

Elle avait couru vers son père et l'avait pris par la main en lui disant :

– Allons chercher Nana. S'il vous plaît, papa, il le faut, nous devons aller la chercher!

Denzil Weldon avait regardé sa fille affectueusement et comme il ne lui refusait jamais rien, il lui avait dit avec bonhomie :

– C'est bon, nous allons aller à sa rencontre. Il fait chaud, tu n'as pas besoin de prendre un manteau.

– Vous la gâtez trop, Denzil, avait protesté Mrs Weldon. Elle peut attendre que Nana revienne.

– Je veux Nana, tout de suite! Maintenant! avait insisté Melissa.

Elle avait tiré son père jusqu'à l'entrée, puis jusqu'à la porte. Elle avait couru dans l'allée tandis que son père la suivait, d'un pas beaucoup plus mesuré. Devant la grille, ils avaient trouvé la nurse à demi étranglée par l'idiot du village qui avait été pris d'un brusque accès de folie... Il avait fui en les apercevant, laissant Nana choquée et meurtrie, mais heureusement vivante.

– Comment cette enfant a-t-elle pu savoir que Nana était en danger? avait demandé plus tard, Mrs Weldon.

Elle n'avait pas trouvé de réponse satisfaisante à cette question : Melissa avait simplement eu un pressentiment tout comme elle avait su la nuit précédant la mort de sa mère qu'il n'y avait plus d'espoir.

Elle avait également eu la prémonition d'un danger le jour où les parents de Cheryl avaient été victimes d'un accident. Elle les aimait beaucoup et une force obscure l'avait poussée à se rendre chez son amie bien que les deux jeunes filles aient convenu auparavant d'un rendez-vous pour le lendemain. Elle avait ainsi appris en même temps que Cheryl l'affreuse nouvelle.

Elle ne pouvait expliquer le phénomène, mais la sensation qu'elle éprouvait était si violente qu'elle ne pouvait l'ignorer.

Voilà qu'elle avait de nouveau, en cet instant, la conviction que le duc était en danger et qu'il lui fallait agir.

Elle alluma la bougie sur sa table de nuit et la flamme vacillante de la chandelle fit apparaître sur les murs de la chambre des ombres effrayantes.

Melissa avait l'impression que la menace se précisait...

Poussée par cette force invisible, elle se leva et, pieds nus, seulement vêtue de sa chemise de nuit, elle traversa sa chambre et ouvrit la porte de communication. La porte tourna sur ses gonds sans bruit et Melissa se trouva devant une autre porte qui donnait accès à la chambre du duc. Elle hésita un bref instant : ne trouverait-il pas étrange qu'elle entre ainsi dans sa chambre sans y avoir été invitée? Mais elle demeurait consciente de l'imminence d'un danger...

Prudemment, parce qu'elle se sentait un peu gênée, elle ouvrit la porte.

Elle se retrouva pour la deuxième fois dans la chambre du duc. La pièce, tout comme la première nuit, était faiblement éclairée par le feu qui brûlait dans la cheminée.

Melissa, elle, n'avait pas voulu que la femme de chambre allume un feu dans la sienne estimant qu'il faisait trop chaud pour cela.

Les bûches flambaient encore. La lueur des flammes éclairait le tapis qui était devant le foyer et les motifs sculptés de la cheminée.

Comme un éclair, la sensation que le danger approchait la traversa. Elle sut qui avait volé le livre contenant les plans des passages secrets et pourquoi il avait dérobé cet ouvrage.

C'était Gervais! Gervais qui tentait de nouveau de tuer le duc afin d'hériter de sa fortune!

Il avait pu facilement pénétrer dans le palais et s'était emparé de ce livre qui contenait les plans de tous les passages secrets pour trouver celui qui menait à la chambre du duc.

Melissa comprenait maintenant très clairement la situation, comme si une tierce personne était en train de lui expliquer toutes les phases du complot.

Sans plus réfléchir elle s'avança vers le duc, pour le protéger. Elle était arrivée auprès du lit quand une bûche s'effondra sur les chenets. Les flammes illuminèrent brutalement la pièce et Melissa repéra un objet qui se trouvait auprès du lit. Sans réfléchir davantage, elle se saisit du pistolet.

Son instinct lui soufflait que le danger était tout proche. Tenant l'arme dans sa main droite, elle tâtonna de sa main gauche à la recherche de l'épaule du duc. Il lui fallait le réveiller.

Tout à coup, un des panneaux près de la cheminée s'écarta en silence et la silhouette d'un homme se dessina dans l'ouverture.

La jeune femme devina ce qu'il s'apprêtait à faire. Elle pointa l'arme vers lui et appuya sur la détente.

La détonation résonna dans toute la pièce.

Elle entendit l'arme de l'assaillant tomber et lentement, si lentement qu'elle pensa l'avoir manqué, l'homme s'effondra sur le tapis.

Pétrifiée, Melissa regardait le corps qui gisait à terre. Elle tenait toujours l'arme dans sa main et ses oreilles bourdonnaient.

Elle prit alors seulement conscience que le duc s'était dressé dans son lit. Il dit quelque chose qu'elle ne comprit pas, étant encore assourdie par la détonation. Puis il se leva, prit sa robe de chambre qui était posée sur une chaise, et traversant la pièce, vint se pencher au-dessus de l'homme qu'elle venait d'abattre.

Il lui jeta un bref regard et s'approcha d'elle. S'emparant du pistolet, il dit d'une voix extraordinairement calme :

– Retournez dans votre chambre, Melissa. N'appelez pas les domestiques. Ne dites rien à personne. Je ne veux pas que vous soyez impliquée dans cette affaire.

– Je... je l'ai... tué! bégaya-t-elle.

Ce n'était pas une question mais une constatation.

– Obéissez, Melissa, reprit le duc avec fermeté. Faites ce que je vous ai dit et refermez derrière vous les portes de communication entre nos deux chambres.

Tout en parlant il avait passé un bras autour de ses épaules et l'avait guidée doucement vers la porte qui était ouverte. Il la poussa dans sa chambre et referma la porte derrière elle.

Elle resta quelques instants dans l'étroit passage qui séparait les deux pièces, puis comme une somnambule entra dans sa chambre et referma la deuxième porte.

Longtemps, elle resta debout, les mains sur son visage.

Elle avait du mal à analyser ce qui venait de se passer. Elle ne savait qu'une chose : elle avait tué un homme pour sauver la vie du duc.

Elle sentit soudain le contact de ses mains sur son visage.

Elle lui avait sauvé la vie! Il avait été en danger et elle l'avait su. Ce pressentiment avait été si puissant qu'elle avait agi sans réfléchir. Et si elle n'avait pas agi ainsi, si elle n'avait pas suivi son instinct, le duc serait mort.

Elle n'avait pas pu voir l'arme que l'homme tenait à la main, mais elle avait la certitude qu'il s'agissait d'un pistolet et non d'un couteau. Elle en avait la conviction tout comme elle était sûre, bien qu'elle n'ait pu voir son visage, que l'homme qu'elle avait tué était Gervais Byram.

Elle n'était pas encore assez lucide pour comprendre toute la situation. Mais elle était pleinement consciente qu'un événement capital s'était produit : elle savait maintenant que le duc comptait pour elle plus que tout au monde et que l'idée de le perdre lui avait été insupportable.

Tenant son visage entre ses mains, Melissa vit alors s'inscrire en lettres de feu, dans son esprit, la raison pour laquelle elle avait eu conscience du danger à temps : elle l'aimait...

8

Melissa attendait. Elle était bien trop troublée par ce qui venait de se passer pour songer à mettre sa robe de chambre qui était restée sur une chaise ou à fermer la fenêtre qu'elle avait ouverte, comme chaque soir, avant de se coucher.

L'air de la nuit entrait dans la pièce et les rideaux se soulevaient, mais elle ne se rendait pas compte du froid qui peu à peu la transperçait.

Les minutes s'écoulaient avec une lenteur désespérante.

Elle attendait toujours... Elle se mit à craindre que quelque chose ne soit arrivé au duc et cette pensée la torturait.

Gervais Byram n'était peut-être pas mort? Il avait peut-être utilisé ses dernières forces pour faire feu sur son oncle en profitant du départ de Melissa...

Elle se demanda si l'épaisseur des murs lui permettait d'entendre un coup de feu. Personne, en tout cas, ne semblait avoir perçu la première détonation. Elle écouta, immobile, tous ses sens en alerte, mais aucun son, aucune voix ne lui parvint...

Des pensées sinistres tournoyaient follement dans sa tête : Gervais avait tiré sur le duc qui gisait peut-être sur le sol, perdant son sang, se mourant faute de soins...

Elle se raisonna et se dit que le duc avait réveillé quelques domestiques et qu'il avait décidé d'attendre le jour pour aller déclarer la mort de son cousin.

Elle savait qu'il s'accuserait du meurtre de Gervais. Il déclarerait qu'il avait tiré quand il l'avait entendu se faufiler dans sa chambre, comme un voleur.

L'affaire, Melissa le savait bien, donnerait lieu à de nombreux commentaires déplaisants. Tout le monde se demanderait pourquoi Gervais, que l'on savait en assez mauvais termes avec son oncle, était entré dans sa chambre de nuit et par un passage secret. On conclurait bien vite qu'il avait essayé d'attenter à la vie du duc.

Dans toutes les familles ces dissensions pouvaient exister, mais il était sordide et vulgaire de les voir exposées sur la place publique. Le duc était un personnage trop important pour que les journaux ne s'emparent pas de l'affaire.

Il supporterait mal ce genre de publicité car, comme tous les Byram, il était sensible à tout ce qui menaçait l'honneur de sa famille. Le mariage du père de Cheryl, lord Rudolph, avait soulevé un concert de protestations, mais que dirait-on quand on apprendrait que l'héritier du titre avait tenté de tuer le duc et trouvé la mort dans cette tentative?

Melissa ne pouvait s'empêcher de penser, avec soulagement, que, quoi qu'il advienne, Gervais avait été mis hors d'état de nuire.

Mais était-ce bien certain? Elle imagina que le duc était blessé et elle se mit à frissonner. Elle comprit alors que son amour était infini. Elle l'aimait avec passion, elle qui n'avait jamais pensé l'aimer un jour.

« Je l'aime... je l'aime! » murmurait-elle.

En évoquant le passé, elle se souvint que l'affection profonde qui liait son père à sa mère lui avait parfois donné l'impression qu'elle était exclue du cercle magique créé par leurs relations. Leur fille n'existait plus quand leurs regards se croisaient, quand sa mère courait à la rencontre de son père qui rentrait de la chasse, quand il parlait à sa femme de cette voix profonde où perçait son amour.

En grandissant, elle s'était dit qu'elle aussi, un jour, ressentirait ces mêmes émotions avec l'homme qui deviendrait son mari, un homme qu'elle aimerait et qui l'aimerait... Elle s'imaginait marchant vers l'autel au bras de son père et gravissant les marches du chœur où l'attendait un homme dont le regard doux et brillant de passion s'attarderait sur elle.

Rien ne s'était passé comme dans ses rêves de jeune fille. Personne ne l'avait conduite à l'autel. Ce mariage n'avait été envisagé que comme une solution raisonnable à leurs problèmes et ils s'étaient comportés l'un envers l'autre avec courtoisie, en attendant comme l'avait suggéré le duc qu'elle soit amoureuse de lui...

Elle l'avait admiré, respecté, mais il était trop distant, trop indifférent dans tous les sens du terme pour qu'elle puisse l'aimer bien que leurs esprits se rencontrent souvent lors de ces discussions animées qu'ils affectionnaient l'un et l'autre.

Mais aujourd'hui, tout avait changé, elle l'aimait et tout son être réclamait sa présence. Elle n'avait plus qu'une seule pensée : se blottir dans ses bras.

« Je m'y sentirais protégée... en sécurité... heureuse enfin ! »

Elle s'était déjà interrogée sur ce qu'elle ressentirait si ses lèvres venaient effleurer les siennes et elle se souvenait de la sensation étrange qu'elle avait eue en l'embrassant pour le remercier de la bague qu'il venait de lui offrir.

Elle l'avait gardée à son doigt comme toutes les autres nuits et le diamant brillait dans la faible lueur de la bougie. C'était comme une lumière qui brillait dans son cœur, comme un présage de bonheur.

Melissa était angoissée : elle n'avait jamais eu aussi peur de sa vie. Elle avait peur pour le duc, peur de ce qui s'était passé après son départ. Elle redoutait le scandale que ne manquerait pas de provoquer la mort de Gervais Byram.

Elle se dit que cet homme, même mort, serait encore à l'origine de graves ennuis.

Elle craignait que le duc ne soit arrêté et condamné pour le meurtre de Gervais. Elle savait que certains juges aimaient user de leur pouvoir, particulièrement envers les aristocrates. Il était facile d'imaginer qu'ils n'hésiteraient pas à inculper le duc pour ce meurtre et à le traîner en justice.

« Il faut que je leur dise que c'est moi qui ai tué Gervais, se disait-elle. C'est moi qu'ils doivent juger... pas le duc,... qui dormait. »

Elle savait, connaissant son sens de l'honneur et des responsabilités, qu'il ne la laisserait pas s'accuser du crime. Mais Melissa se moquait de ce qui pouvait lui arriver : elle voulait éviter que le nom et la réputation de l'homme qu'elle aimait soient souillés par un meurtre.

Il fallait qu'elle dise la vérité, qu'elle avoue.

Tout en faisant, pieds nus, les cent pas dans sa chambre, elle se posait mille questions : Pourquoi n'était-il pas venu la rejoindre? Que s'était-il passé?

Elle songea à désobéir à ses ordres, ne pouvant plus supporter cette attente. Elle voulait retourner dans sa chambre et savoir.

Elle tendit à nouveau l'oreille mais seul lui parvint le bruit du vent qui soufflait par la fenêtre ouverte et qui mugissait lugubrement dans la cheminée.

Où était-il? Que faisait-il donc? Il ne pouvait pas ignorer combien elle était terrorisée à la pensée d'avoir tué un homme et combien elle était inquiète des suites de son acte.

Melissa songea avec angoisse qu'il devait y avoir plus d'une heure qu'elle avait quitté la chambre du duc, qu'il l'avait poussée vers la porte qu'il avait ensuite refermée sur elle.

« Je ne veux pas que vous soyez mêlée à cette affaire! » avait-il dit de cette voix autoritaire qu'elle connaissait bien et qu'il prenait toujours quand il voulait être sûr d'être obéi.

Et pourtant, elle était responsable de ce meurtre. Elle devait avouer son crime et le sauver d'un déshonneur pire que la mort. Il ne devait pas subir les conséquences d'un acte dont il n'était pas responsable.

Melissa en vint à la conclusion qu'elle devait maintenant, pour la troisième fois, le sauver: le sauver du scandale et éviter qu'il ne soit souillé par toute cette boue que l'on allait remuer. Elle était prête à mourir pour lui s'il le fallait, parce qu'elle l'aimait, parce qu'elle l'aimait du fond du cœur...

Elle le revoyait majestueux et autoritaire, capable pourtant de se montrer gentil et prévenant. Elle se souvenait qu'il lui avait promis de veiller à ce qu'elle ne commette pas d'erreurs.

Mais avait-elle mal agi? Etait-ce mal agir que de protéger un homme qui allait être victime d'un odieux assassinat?

Elle n'en était pas sûre, mais elle savait qu'elle ne pouvait accepter, pour ce crime qu'elle avait commis, la protection qu'il lui offrait. C'était à elle de le préserver de la honte, parce qu'elle l'aimait.

La pendule sur la cheminée sonna 1 heure. Son timbre aigrelet qui rompit brutalement le silence qui régnait dans la pièce la fit sursauter et lui donna envie de hurler.

Il avait dû se passer quelque chose. Il lui fallait désobéir aux ordres de son époux, retourner dans sa chambre pour savoir enfin.

Elle se dirigea vers la porte de communication et l'ouvrit.

Soudain elle s'arrêta, les yeux agrandis d'effroi en voyant apparaître le duc.

Il avait l'air calme et peu pressé de lui donner des explications sur ce qui s'était passé. Son mutisme était intolérable; il fallait qu'elle sache.

Elle courut vers lui et se jeta dans ses bras.

– Que s'est-il passé? Où étiez-vous? J'ai cru que... je ne vous reverrais... jamais, dit-elle, affolée. J'avais... peur qu'il... vous ait fait du mal... Vous n'êtes pas... blessé?

Les mots se précipitaient sur ses lèvres et le duc referma ses bras sur elle.

– Je n'ai rien, Melissa, lui dit-il calmement. Gervais est mort et vous m'avez sauvé la vie pour la seconde fois.

C'était tout ce qu'elle voulait entendre, mais la tension avait été trop forte et elle éclata en sanglots.

Le duc la serra plus fort contre lui et elle bégaya :

– Si... s'il est... mort... je... je dois... dire que... c'est moi qui l'ai tué... Il ne faut... pas qu'on vous... accuse.

– Ne vous inquiétez pas, tout va bien, lui affirma le duc d'une voix apaisante.

– Non... non... je dois... aller trouver... le juge! protesta Melissa. Est-ce... qu'ils... vont me... mettre en prison... en attendant... le... le procès?

– Il n'y aura aucun procès, Melissa, répondit-il.

Puis d'une voix où perçait l'inquiétude, il ajouta :

– Vous êtes glacée! Vous devriez aller vous coucher.

Elle pleurait trop pour pouvoir lui répondre. Alors, il la souleva et l'emporta jusqu'à son lit.

Il la déposa sur les couvertures et elle s'accrocha à lui, ne voulant pas qu'il s'en aille.

– Ne me... laissez pas, supplia-t-elle.

Elle ne savait pas vraiment ce qu'elle disait, mais elle avait peur qu'il ne coure un nouveau danger, loin d'elle.

– Je ne m'en vais pas, Melissa, lui répondit-il. Je vais simplement allumer le feu.

Il l'installa contre ses oreillers, prit la chandelle et alla vers la cheminée.

Il retira une fine bougie d'un vase, l'alluma et la jeta dans le foyer.

Le petit bois et les bûches bien sèches prirent feu immédiatement et les flammes s'élevèrent brillantes et dorées, éclairant vivement la chambre.

Il ferma ensuite la fenêtre et revint vers le lit. En se penchant vers Melissa, il constata qu'elle pleurait, le visage caché dans son oreiller, ses cheveux blonds répandus sur ses épaules, et qu'elle tremblait de froid.

Il souffla la bougie, ôta sa robe de chambre, entra dans le lit et la prit dans ses bras.

Au bout de quelques minutes, ses larmes s'arrêtèrent et elle vint se blottir au creux de son épaule.

– Voulez-vous que je vous raconte ce qui s'est passé? demanda le duc.

Il sentait à travers la fine chemise de nuit frémir son corps glacé. En fait, si elle frissonnait entre ses bras ce n'était plus de froid.

Elle murmura, en retenant son souffle :

– Vous... vous avez dit qu'il n'y aurait... pas de procès... vous... en êtes sûr?

– Tout à fait sûr! répondit le duc, et comme je vous l'ai déjà dit, vous ne serez pas impliquée dans cette affaire.

– Mais... si, répliqua Melissa, je l'ai... je l'ai... t... tué!

– Je vais vous expliquer pourquoi il n'y aura pas de procès et pourquoi personne ne pourra faire de rapprochement entre vous ou moi et la mort de Gervais, continua le duc.

– Je savais bien... c'était... Gervais! murmura Melissa comme pour elle-même.

– Vous me direz tout à l'heure pourquoi vous étiez si sûre qu'il s'agissait de lui, dit-il, mais avant, je veux que vous sachiez pourquoi je vous ai fait attendre si longtemps avant de venir vous retrouver.

Melissa ne pleurait plus mais elle restait blottie contre lui, le visage caché au creux de son épaule.

– La balle avait atteint Gervais au cœur et il est mort sur le coup, poursuivit le duc. Après votre départ, je l'ai porté non sans mal, à cause de l'étroitesse du passage et des escaliers, jusqu'à la sortie de ce couloir secret, quelque part derrière la chapelle.

Melissa l'écoutait, comprenant que c'était grâce au livre qu'il avait subtilisé que Gervais avait découvert l'entrée du passage qui menait à la chambre du duc.

– Le parc était désert à cette heure de la nuit et j'ai porté Gervais loin dans les bois, dans une petite clairière. Je l'ai ensuite étendu sur le sol et je lui ai mis dans la main le pistolet avec lequel vous aviez tiré sur lui. J'ai laissé dans ma chambre celui avec lequel il voulait me tuer.

– Je savais... qu'il avait... un pistolet! murmura Melissa.

– Vous aviez deviné avec raison, dit le duc, qu'il avait l'intention de tirer. Il m'aurait laissé mort ou mourant avant de ressortir par le même passage pour s'enfuir à travers la campagne. Personne n'aurait pu le soupçonner de ce crime.

Melissa poussa un petit cri, mais cette fois n'interrompit pas son mari. Il poursuivit :

– J'ai ensuite trouvé le cheval de Gervais comme je m'y attendais, pas très loin de l'endroit où je venais de le déposer.

– Est-ce qu'on va... le retrouver... demain? demanda Melissa.

– Je pense que oui, répondit-il. Et tout semblera indiquer qu'il s'est suicidé.

– Vous croyez que c'est... vraiment... ce qu'ils croiront?

– J'en suis persuadé. De toute façon, le médecin est un ami de la famille, je le connais depuis toujours et je suis sûr que je pourrai le convaincre, pour éviter un scandale, de déclarer que la mort de Gervais a été accidentelle.

Sa voix se fit légèrement cynique quand il déclara :

– Ainsi, nous pourrons l'enterrer le plus vite possible dans notre caveau de famille.

Melissa poussa un soupir de soulagement :

– Et... vous êtes... sain et sauf, n'est-ce pas?

– Sans aucun doute et grâce à vous! Expliquez-moi maintenant, Melissa, comment vous avez su que j'étais en danger et pourquoi vous êtes entrée une seconde fois dans ma chambre? Vous n'aviez pas pu voir, cette fois, mon agresseur approcher?

Melissa commençait à se réchauffer dans les bras du duc. Celui-ci sentit néanmoins un petit frisson la parcourir quand elle lui raconta comment elle avait eu conscience du danger qui le menaçait :

– Cela m'est déjà arrivé trois fois, lui dit-elle à voix basse. Chaque fois, j'ai été mystérieusement avertie que quelque chose de grave... de tragique allait se produire.

– Comment ça? demanda le duc avec curiosité.

– Je ne sais pas... je ne peux pas vous l'expliquer, répondit Melissa. C'est une certitude qui naît dans mon esprit... ou peut-être tout au fond de mon cœur. C'est une sensation si forte... si puissante que... je ne peux pas lui résister. Je l'ai ressentie pour la première fois un jour où ma nurse fut victime d'un fou, puis avant... la mort... de ma mère et de nouveau... quand les parents de Cheryl ont eu... cet horrible accident. Chaque fois, il s'agissait de personnes que j'aimais... Que j'aimais bien.

Elle s'était reprise en prononçant ce dernier mot car elle craignait de se trahir.

– Des personnes que vous aimiez... bien? insista le duc. Il me semblait que vous aviez dit autre chose.

Elle se remit soudain à trembler dans ses bras et comme elle se taisait, il la supplia :

– Dites-moi la vérité! Comment auriez-vous pu percevoir ce danger si vous n'éprouviez pas pour moi un sentiment particulier?

Comme elle demeurait silencieuse, il ajouta :

– Peut-être était-ce parce que vous m'aimez, ne croyez-vous pas, Melissa?

Elle se crispa légèrement et murmura :

– Oui... c'est vrai... je vous aime... mais je vous promets que je ne vous... importunerai pas. Je sais que vous ne m'aimez pas... mais vous souhaitiez que... je vous aime et...

Le duc la serra alors contre lui avec passion et lui murmura d'une voix ardente :

– Qu'est-ce qui peut bien vous faire croire que je ne vous aime pas, Melissa chérie? Je vous aime depuis le premier jour!

Il la sentit se raidir dans ses bras. Puis elle leva les yeux vers lui. Il la regarda et Melissa vit dans son regard une expression qu'elle n'avait jamais osé espérer y voir.

– Vous... vous m'aimez? demanda-t-elle. Mais pourquoi ne pas l'avoir dit?

– Je vous aime depuis le jour où vous avez essayé de vous faire passer pour la femme de chambre de Cheryl, avoua le duc, depuis le jour où j'ai compris que vous étiez la femme la plus belle et la plus douce que j'aie jamais rencontrée.

Il lui sourit avant de poursuivre :

– J'ai lutté contre cet amour... Mais tout comme ce pressentiment d'un danger que vous avez eu, cet amour était si fort, si puissant qu'il m'était impossible de le nier. Je m'étais pourtant promis de ne plus aimer! Je m'étais juré, après avoir subi une telle humiliation, que jamais plus je ne m'abandonnerais à ce sentiment, aussi forte que puisse être la tentation.

– Mais vous... êtes tombé amoureux de moi? demanda Melissa le cœur battant.

– Je vous aimais du plus profond de mon cœur tout en me répétant sans cesse que l'amour n'était qu'une illusion, un désir passager, exacerbé par les poètes sans plus!

– Et vous m'avez quand même... épousée.

– J'ai su, le jour où j'ai vu cette brute vous menacer dans le salon, que cet amour était plus fort que mes résolutions, que vous étiez à moi et qu'aucun autre homme n'avait le droit de vous toucher!

Ses paroles et son ton convaincu firent rougir Melissa qui cacha de nouveau son visage au creux de son épaule. Elle sentait battre son cœur contre le sien. Prenant enfin conscience qu'elle était tout contre lui, elle demanda, un peu comme un enfant qui a besoin d'être rassuré :

– Vous... vous m'aimez... vraiment?

– Je vous aime comme je n'ai jamais aimé aucune autre femme. Je sais désormais que ce sentiment que j'ai éprouvé dans ma jeunesse n'était que le fruit de mon imagination romantique. Je suis devenu un homme, Melissa, et je vous aime... comme un homme!

Sa voix était vibrante de passion.

– Je vous aime non seulement parce que vous êtes belle, mon amour, merveilleusement belle, mais aussi parce que vous êtes intelligente et que votre courage est sans limites.

Melissa leva la tête et lui dit en le regardant :

– J'avais... si peur... qu'il vous fasse du mal!

– Vous êtes la seule personne au monde, Melissa, qui pourrait un jour me faire du mal : en ne m'aimant pas assez!

– Mais je vous aime! répondit-elle. Je vous aime de tout mon être... et je ne savais pas que l'amour pouvait être si... violent... si déchirant.

– Mon amour!

Il la contempla un long moment avant d'avouer à son tour :

– Je n'ai eu qu'une crainte, Melissa, celle que vous me trouviez trop vieux pour être votre mari.

Il semblait attendre anxieusement sa réponse. Elle s'écria :

– Non... non, je n'ai jamais pensé cela.

– Vous en êtes bien sûre?

– Vous le savez... vous êtes si... merveilleux!

En lui tenant le menton, le duc l'obligea à le regarder.

– Mon tendre amour, dit-il.

– J'ai du mal à imaginer que cela soit... vrai mais je suis heureuse... si heureuse! Vous ne vous êtes pas trompé, murmura Melissa.

– Vous aviez raison, vous aussi. Souvenez-vous, vous m'avez dit que je serais un jour transpercé par la flèche d'un petit Cupidon, rappela le duc.

– Etes-vous sûr de m'aimer, absolument certain? demanda encore Melissa. J'ai prié... j'ai souhaité vous rendre heureux mais je n'ai jamais pensé que... vous seriez amoureux de moi.

– Vous avez prié pour moi?

– Je suis allée prier dans la chapelle, répondit Melissa, et j'ai entendu comme une voix qui m'ordonnait de vous apporter... l'amour.

– Etes-vous prête à me le donner, cet amour?

– Vous le savez... très bien, murmura Melissa.

Alors, lentement, goûtant chaque seconde de leur

plaisir, le duc se pencha vers elle et prit possession de ses lèvres. Ses baisers étaient doux et Melissa sentit tout son être frémir. Il resserra son étreinte et ses baisers se firent plus exigeants, plus insistants, plus passionnés.

Melissa eut alors la sensation que la majesté de ce palais, la splendeur des jardins, du lac scintillant sous le soleil, cette perfection que le duc recherchait en tout, se trouvaient là, au cœur de leur amour. Elle sentit bientôt, sous ses baisers, couler dans ses veines un feu brûlant et s'enivra de cette sensation nouvelle.

– Je vous aime! murmura-t-il. Dieu seul sait combien je vous aime!

– Je vous aime... aussi, chuchota-t-elle, j'ai l'impression de rêver.

– Vous ne rêvez pas, mon cher amour, répondit-il, et pourtant j'ai moi aussi l'impression de vivre un songe merveilleux.

Melissa posa sa main sur son épaule et dans le geste qu'elle fit la bague qu'elle portait scintilla de tous ses feux.

– Vous m'aviez donné... un cœur, dit-elle, mais je ne savais pas que ce cœur était le vôtre.

– Et pourtant, c'était vrai. Mon cœur vous appartenait et je pensais qu'un jour vous comprendriez pourquoi la bague que je vous avais offerte avait cette forme particulière.

Une bûche se brisa dans la cheminée et les flammes illuminèrent la chambre. Le duc regarda Melissa. Ses yeux brillaient d'un éclat qu'il ne leur avait jamais vu, ses lèvres étaient entrouvertes. Elle était si belle qu'il ne put résister à l'envie qu'il avait de l'emprisonner dans ses bras comme s'il avait peur de la perdre.

– Il y a tant de choses que je désire vous offrir, adorable Melissa! lui dit-il. Vous m'avez apporté le bonheur. J'aimerais pouvoir décrocher pour vous les étoiles et poser un arc-en-ciel dans vos cheveux.

Melissa eut un petit rire heureux tandis qu'il continuait :

– Mais je crois, ma chérie, que je devrais me contenter de vous acheter des diamants, des perles et des saphirs pour vous prouver mon amour.

Melissa hésita et dit soudain à voix basse :

– Il y a... une chose que je voudrais que vous me donniez... une chose que je désire... plus que tout au monde.

– Vous savez que je vous offrirai tout ce que vous souhaitez posséder. Que désirez-vous donc?

La réponse se fit attendre, puis d'une toute petite voix à peine audible, Melissa expliqua :

– Afin que je n'aie plus peur... qu'un de vos héritiers n'essaie de vous tuer... voulez-vous me donner... un enfant?

Le duc ne répondit pas mais il se pencha vers elle et l'embrassa passionnément.

Melissa sentit son cœur battre à tout rompre. Une sensation à la fois sauvage et voluptueuse l'envahissait, comparable au plaisir qu'elle faisait naître en lui.

Son corps sembla se fondre dans le sien. Bientôt ils ne firent plus qu'un...

– Je vous aime... je vous aime, souffla Melissa.

– Ma précieuse, ma merveilleuse épouse! murmurait le duc contre ses lèvres.

Elle lui appartenait tout comme il lui appartenait. Sa peur s'évanouissait. Il n'y avait plus que l'amour... et encore l'amour.

KAYE M.M.
Pavillons lointains
(2 t. 1307★★★★ et 1308★★★★)
Au temps des Maharadjahs, Juli, princesse indienne, et Ash, le jeune Anglais élevé comme un Hindou, luttent pour leur amour.

KONSALIK Heinz G.
La passion du Dr Bergh (578★★★)
Un grand médecin voit sa carrière menacée par la haine d'une femme.
Docteur Erika Werner (610★★★)
Par amour, elle s'accuse à la place de son amant indigne.
Mourir sous les palmes (655★★★)
Sur une île déserte, deux hommes et une femme soupçonnée de meurtre.
Aimer sous les palmes (686★★)
Père et fils luttent contre le fanatisme des indigènes et la nature déchaînée.
Deux heures pour s'aimer (755★★)
Que faire d'une maîtresse clandestine morte dans vos bras ?
L'or du Zephyrus (817★★)
Deux filles et trois garçons s'affrontent lors d'une dramatique chasse au trésor.
Les damnés de la Taïga (939★★★★)
Quatre hommes et deux femmes isolés dans l'immensité de la forêt.
L'homme qui oublia son passé (978★★)
Petit employé hollandais, il se réveille dans la peau d'un écrivain.
L'amour est le plus fort (1030★★★)
A Paris, un peintre sauve Eva du suicide. Pourra-t-elle le sauver à son tour?
La caravane des sables (1084★★★)
Un voyage au pays de la soif, de la peur et de l'inconnu.
Une nuit de magie noire (1130★★)
Un sorcier indigène peut-il guérir leur fils atteint de leucémie ?
Le médecin de la tsarine (1185★★)
On murmure que Maria, la tsarine, est un démon déguisé en ange.
Amour cosaque (1294★★★)
A l'époque d'Ivan le Terrible, la passion indomptable d'une jeune Russe durant la conquête de la Sibérie.
Natalia (1382★★★)
Natalia est-elle une meurtrière en fuite ou le fantôme d'une comtesse assassinée jadis ?

McCULLOUGH Colleen
Les oiseaux se cachent pour mourir
(2 t. 1021★★★★ et 1022★★★★)
L'épopée vécue par Meggie et Ralph au cours de cinquante ans d'aventures et de passions à travers le continent australien.
Tim (1141★★★)
L'histoire d'un amour que la société a condamné par avance.

MYRER Anton
Les derniers jours de l'été
(2 t. 1073★★★★ et 1074★★★)
Peut-on épouser la fille qu'on aime quand on craint d'être son frère ?

RUBENS Bernice
Chère inconnue (1158★★)
Une correspondance amoureuse peut déboucher sur la tragédie.

SEGAL Erich
Love story (412★)
Le roman qui a changé l'image de l'amour.
Oliver's story (1059★★)
Jenny morte, Oliver réapprend à vivre.
Un homme, une femme, un enfant
(1247★★)
Un père peut-il introduire dans sa famille ce fils dont il apprend l'existence ?

STEEL Danielle
Leur promesse (1075★★★)
Reconnaîtra-t-il sa fiancée à qui la chirurgie esthétique a donné un nouveau visage ?
Une saison de passion (1266★★★★)
Kate est déchirée entre son mari infirme et Nick, l'homme de sa vie.

VALENTIN Louis
Les roses de Dublin (1365★★★★)
Il a connu une jeune Irlandaise une nuit; il ne se doute pas que leur fils a maintenant dix ans.

et tous les romans
de Guy des Cars
Barbara Cartland
et Theresa Charles.

J'ai Lu Cinéma

Une centaine de romans J'ai Lu ont fait l'objet d'adaptations pour le cinéma ou la télévision. En voici une sélection.

Demandez à votre libraire le catalogue semestriel gratuit.

ANDREVON Jean-Pierre
Cauchemar... cauchemars! (1281★★)
Répétitive et différente, l'horrible réalité, pire que le plus terrifiant des cauchemars. Inédit.

ARSENIEV Vladimir
Dersou Ouzala (928★★★★)
Un nouvel art de vivre à travers la steppe sibérienne.

BENCHLEY Peter
Dans les grands fonds (833★★★)
Pourquoi veut-on empêcher David et Gail de visiter une épave sombrée en 1943?
L'île sanglante (1201★★★)
Un cauchemar situé dans le fameux Triangle des Bermudes.

BLIER Bertrand
Les valseuses (543★★★★)
Plutôt crever que se passer de filles et de bagnoles.
Beau père (1333★★)
Il reste seul avec une belle-fille de 14 ans, amoureuse de lui.

BRANDNER Gary
La féline (1353★★★★)
On connaît les loups-garous mais une femme peut-elle se transformer en léopard?

CAIDIN Martin
Nimitz, retour vers l'enfer (1128★★★)
Le superporte-avions Nimitz glisse dans une faille du temps. De 1980, il se retrouve à la veille de Pearl Harbor.

CHAYEFSKY Paddy
Au delà du réel (1232★★★)
Une terrifiante plongée dans la mémoire génétique de l'humanité. Illustré.

CLARKE Arthur C.
2001 - L'odyssée de l'espace (349★★)
Ce voyage fantastique aux confins du cosmos a suscité un film célèbre.

CONCHON, NOLI et CHANEL
La Banquière (1154★★★)
Devenue vedette de la Finance, le Pouvoir et l'Argent vont chercher à l'abattre.

COOK Robin
Sphinx (1219★★★★)
La malédiction des pharaons menace la vie et l'amour d'Erica. Illustré.

CORMAN Avery
Kramer contre Kramer (1044★★★)
Abandonné par sa femme, un homme reste seul avec son tout petit garçon.

COVER, SEMPLE Jr et ALLIN
Flash Gordon (1195★★★)
L'épopée immortelle de Flash Gordon sur la planète Mongo. Inédit.

DOCTOROW E.L.
Ragtime (825★★★)
Un tableau endiablé et féroce de la réalité américaine du début du siècle.

FOSTER Alan Dean
Alien (1115★★★)
Avec la créature de l'Extérieur, c'est la mort qui pénètre dans l'astronef.
Le trou noir (1129★★★)
Un maelström d'énergie les entraînerait au delà de l'univers connu.
Le choc des Titans (1210★★★★)
Un combat titanesque où s'affrontent les dieux de l'Olympe. Inédit, illustré.
Outland... loin de la terre (1220★★)
Sur l'astéroïde Io, les crises de folie meurtrière et les suicides sont quotidiens. Inédit. Illustré.

GROSSBACH Robert
Georgia (1395★★★)
Quatre amis, la vie, l'amour, l'Amérique des années 60.

GANN Ernest K.
Massada (1303★★★★)
L'héroïque résistance des Hébreux face aux légions romaines.

HALEY Alex
Racines (2 t. 968★★★★ et 969★★★★)
Ce triomphe mondial de la littérature et de la TV fait revivre le drame des esclaves noirs en Amérique.

ISHERWOOD Christopher
Adieu à Berlin (1213★★★)
Ce livre a inspiré le célèbre film Cabaret.

JONES John G.
Amityville II (1343★★★)
L'horeur semblait avoir enfin quitté la maison maudite ; et pourtant... Inédit.

KING Stephen
Shining (1197★★★★)
La lutte hallucinante d'un enfant médium contre les forces maléfiques.

RAINTREE Lee
Dallas (1324★★★★)
Dallas, l'histoire de la famille Ewing, au Texas, célèbre au petit écran.
Les maîtres de Dallas (1387★★★★)
Amours, passions, déchaînements, tout le petit monde du feuilleton "Dallas".

RODDENBERRY Gene
Star Trek (1071★★)
Un vaisseau terrien seul face à l'envahisseur venu des étoiles.

SAUTET Claude
Un mauvais fils (1147★★★)
Emouvante quête d'amour pour un jeune drogué repenti. Inédit, illustré.

SEARLS Hank
Les dents de la mer - 2e partie (963★★★)
Le mâle tué, sa gigantesque femelle vient rôder à Amity.

SEGAL Erich
Love Story (412★)
Le roman qui a changé l'image de l'amour.
Oliver's story (1059★★)
Jenny est morte mais Oliver doit réapprendre à vivre.

SPIELBERG Steven
Rencontres du troisième type (947★★)
Le premier contact avec des visiteurs venus des étoiles.

STRIEBER Whitley
Wolfen (1315★★★★)
Des êtres mi-hommes mi-loups guettent leurs proies dans rues de New York. Inédit, illustré.

YARBRO Chelsea Quinn
Réincarnations (1159★★★)
La raison chancelle lorsque les morts se mettent à marcher. Inédit, illustré.

Editions J'ai Lu, 31, rue de Tournon, 75006 Paris

diffusion
France et étranger : Flammarion, Paris
Suisse : Office du Livre, Fribourg
diffusion exclusive
Canada : Éditions Flammarion Ltée, Montréal

Achevé d'imprimer sur les presses de l'imprimerie Brodard et Taupin
7, Bd Romain-Rolland, Montrouge. Usine de La Flèche,
le 10 janvier 1983
1946-5 Dépôt Légal janvier 1983. ISBN : 2 - 277 - 21414 - 0
Imprimé en France